▲ "金三角"采访途中留影

▲ 我在曼谷的"家人"　　　　　　　　▼ 周末与《曼谷邮报》同事游玩合影

▲ 曼谷"大皇宫"外宫殿

▲《曼谷邮报》65周年庆的"生日蛋糕"　　　　　▼ 曼谷画家为我画像

▲ 曼谷卧佛寺一角

▼ 看佛教徒做佛教法器曼陀罗（Mandala）

▲ 泰国最好的大学——朱拉隆功大学一角　　　　▼ 与朋友们在清迈府旅游

▲ 这里的大象跟人很亲密

▼ 这头大象会画画哦

▲ 清莱府"白庙"
▶ 旅行途中被同伴抓拍的"弹跳"瞬间

遇见你，在佛的国

汤向阳 / 著

中国书籍出版社
China Book Press

图书在版编目（CIP）数据

遇见你，在佛的国 / 汤向阳著 . — 北京：中国书籍出版社，2015.5
ISBN 978-7-5068-4936-4

Ⅰ . ①遇… Ⅱ . ①汤… Ⅲ . ①游记—作品集—中国—当代 Ⅳ . ① I267.4

中国版本图书馆 CIP 数据核字（2015）第 108837 号

遇见你，在佛的国

汤向阳　著

策划编辑	武　斌　崔付建
责任编辑	王　淼
责任印制	孙马飞　马　芝
出版发行	中国书籍出版社
地　　址	北京市丰台区三路居路 97 号（邮编：100073）
电　　话	（010）52257143（总编室）（010）52257140（发行部）
电子邮箱	chinabp@vip.sina.com
经　　销	全国新华书店
印　　刷	天津兴湘印务有限公司
开　　本	710 毫米 × 1000 毫米　1/16
字　　数	228 千字
印　　张	16.25
版　　次	2015 年 6 月第 1 版　2019 年 1 月第 2 次印刷
书　　号	ISBN 978-7-5068-4936-4
定　　价	48.00 元

版权所有　翻印必究

推介文字	001
序一：不跟自己赛跑的人	001
序二：最好的学生	001
培训班的故事	001
"伪记者"现形记之一：清迈的番茄	019
汤，你们中国不是一向重男轻女吗	029
庙里有天籁	038
海岛上的局外人	051
家务与出家	055
盲童摄影师	064
弹着吉他养大象	068
泰国风水师	072
未婚妈妈别哭泣	076
曼谷就医记	081
"给天上的你"之一：迷途之后无新路	086
说出你的性事	090
挪威来了面试官	103
"鬼画符"里的秘密	120
普吉岛的眼泪	124

"伪记者"现形记之二：河内的冬天有点冷	130
包子小姐与鸟人先生	133
比丘尼是怎样炼成的	144
另一个世界里的人	150
我与"间谍"	177
汤要离开	186
"给天上的你"之二：我已归来，你却离开	190
附一：泰国印象之水上市场	193
附二：泰国印象之国王的烦恼	197
附三：泰国印象之餐厅小工出家记	201
附四：泰国印象之人妖那些事儿	207
附五：泰国印象之神秘的街头算命人	212
附六：泰国印象之奇怪的曼谷夜店	216
附七：泰国印象之和尚的私生子	220
附八：泰国印象之尴尬的民主	224
后记：再回微笑之国	227

本书中"泰国印象"系列文章首发于经济观察网。

推介文字

　　汤是一个很特别的女人，也是少有的记者——不管做什么报道，她都对主题思虑深刻，对复杂议题提问尖锐，并深入挖掘事实以及事实背后的哲学。她显然深受国外经历的影响——这使得她能够同时以当局者和局外人两种角度审视周边人事；她的读者也因此得以（在阅读时）跨越文化鸿沟、语言障碍和代际差别。我本人曾数次接受她的采访。每次采访结束后，我都会比在采访前更深入地思考我的生活和工作。事实上，我认为她使我成为了一名更好的领导者，因为她让我思考。汤的问题很有挑战性、深思熟虑且十分聪明，让她的读者得以看到更好的故事。汤独一无二；我高度推荐她的作品。

　　Ms. Tang is a very special woman and a rare breed of reporter who thinks deeply about her subject matter, asks hard questions about complex topics and digs into both the facts and the philosophies behind whatever she is reporting on. Her time abroad has made an indelible mark on her, and given her a gift to view the world around her both as a native and a stranger. That lens gives her readers a unique tool to bridge cultures, languages and generations. I've personally been interviewed by her a number of times and always come away thinking harder about my life and my business than I did before

I met her. In fact I think she made me a better leader because she made me think. Her questions are challenging, thoughtful and intelligent and this means her readers simply get a better story. She is one of a kind and I highly recommend her work.

——瑞典英孚教育集团全球研发总裁（原中国区总裁）Bill Fisher

汤个头娇小，却备受人尊敬。她从中国北京的《经济观察报》来到《曼谷邮报》生活方式部，担任了一年的FK国际项目交换记者。

在曼谷工作期间，汤报道了很多社会议题，从大象到未婚怀孕少女，再到各色的人物特稿。她不仅对《曼谷邮报》生活方式部贡献颇多，而且还根据自己在泰国的所见所闻"偷偷"写了一本英文小说。有几个特稿记者能做到这点？

——Bangkok Post（《曼谷邮报》）编委会编委　Mr. Usnisa

（向阳在泰国期间，）我在《经济观察报》（当初位于）兴化东里那栋小楼的阴暗楼梯间的办公室里，陆陆续续收到许多关于她的信息：她在培训期间大放异彩，成为晚会的主持；《曼谷邮报》资金雄厚，一到就给配了笔记本电脑；她工作出色，几乎成了包版专员了；晚上生病，她的导师，《泰国邮报》人力资源部主管从很远的地方赶来送她就医。诸如此类的消息，有好有坏，有喜有忧，通过电邮一点点传来。我感觉她好像没到泰国那么远的地方，好像就在隔壁办公室里，随时就会过来敲门聊天。

向阳回到报社时，是带着《曼谷邮报》和FK项目组对她的极大肯定回来的。也正是由于她的出色表现，中国环境记协在次年的FK项目时着力推荐《经济观察报》社作为参与项目的首选，另一位女记者也由此获得机会到《曼谷邮报》工作了一年。

2012年时，我乘着出差的机会，去拜访了《曼谷邮报》，那些同事们提到向阳时，仍是记忆犹新，交口称赞。

眼前的这本小书，就是向阳在泰国一年的报道合集，夹杂着她的心血，她的奔波与努力。记者向来都是现实生活的敏锐观察者。这些报道中有许多有趣的细节，让读者如亲临其境，感受到泰国民众的普通生活，感受到泰国文化的瑰丽灿烂。

张 宏
——原经济观察网副总编辑、《经济观察报》FK 项目负责人

序一：不跟自己赛跑的人

在我印象中，汤是一个纠结的女孩子。至今还记得她初来报社那一阵，有一次她问我，该怎样才能做一个好记者。如果没记错，她在报社承担英文网的工作，主要是将中文的报道翻译成英文，偶尔也参与做一些采访。其实那时候我对她的工作状态知之甚少，但是她的问题还是给我留下了深刻的印象。我感觉她不满意自己的工作表现，或者说，不知道要怎样安放自己——在一个组织中既让自己感到愉悦，也让组织觉得有所贡献——但是如果真去做记者呢，虽然她在传媒大学是学国际新闻报道的，对自己究竟能够做什么，是否可以做到很好，她又会有很多困惑。

对的，困惑。她转去做记者，应该是几年以后的事了。她负责商业和公司报道。偶尔几次发邮件给我，邮件标题毫无例外地标注着大大的"困惑"或者"疑惑"。至少从她的部门领导看来，她已经是很努力而且正在逐步变得优秀的记者。不过这并不能说服她自己。她对自己显然有要求——如果不是太多的话，也应该是很多。她一直觉得自己不够优秀，跟环境也不能够和平相处。这并非指人际关系，或许只是一种内心的感受。这不是环境的错，也不是她的错。现在想起来，她很像一个和自己赛跑的人，不是说为了理想或者某种可以物化的目标，只是和自己内心的一种东西较劲吧。她很着急，有时候我觉得这种着急影响了她的判断，我一直希望说服她相信，她能够做一个优秀的人物记者，她尝试了不少次，但有时候这些尝试反而加重了她的挫败感，或者说，困惑。

我的印象中，只有一段时间，我从未听她提起过困惑这两个字。这就是她在泰国的那一年。这中间我们并没有直接的联系，但是能听到有关她的消息。后来听说她工作的《曼谷邮报》对她评价非常好，又听说她写了一本英文小说。这本小说以泰国为背景，有着中国和泰国乃至东方和西方文化的交互和碰撞，但仍然是一本很中国的小说，跨度之大，也超乎我的想象。因为小说涵盖了三代中国人，横贯了差不多过去七八十年的历史。

我是后来读到这本小说的中文译本，是她自己做的翻译，用 WORD 文档发给我。在此前后，我陆续读到她在泰国的一些报道作品。有一天她给我一部书稿，起初我以为那是她在泰国发表作品的结集。她说不是的，是回国以后，陆续追记的文字，都是后来重写的。由此我猜测，那些日子对她来说一定是重要的，否则又怎会花费时间精力去重新感受和体味一段过往呢？

直到读完这些作品的完整版本，我才大致明白，那对她来说是怎样不同的一段经历。我开始觉得，我看到了一个完全不同的汤。她感受着不同的文化，这些当然是新鲜的。但更不同的是，她似乎在这片陌生的土地上找到了和自己对话的方式，她笔下那些性情各异的主人公，异国情调的风土人情，这时候都成了参透生命中的某种神秘密码的暗示。我猜想她并没有那么执着于找到某个答案，但当她全情投入到这些人的生命和生活当中，她也就自然地找到了自己。她的行走，以及行走中的文字洋溢着的那种心性，让你明白这时候的她是快乐而放松的，她的好奇心和感受力在这个人生的他乡有了充分的用武之地。我猜想，她过往的那些困惑并没有消散，只是无声地融入热带的阳光和暖风中去了。汤说，她最喜欢三毛，看了这些文字，你会明白，这怕不是偶然。

这是我的理解，也许并不恰当。

当然，看到她的书稿，我更相信她其实可以做一个优秀的记者。对一个媒体来说，失去这样的作者是一个损失。不过我又觉得，就一个人的成长来说，也许转换一种生活方式也不坏。无论做什么吧，就人本身来说，最重要的是成长，永远不放弃自己。很多时候，我们在成年以后，就慢慢地放弃了成长，我们觉得自己已经可以和这个世界和平相处，我们认为这就是我们要的东西，不大会问自己的初心，不大去想——懒得去想，或者害怕去想——生命中真正触动自己的是什么，追问是什么让自己得到内心的快乐安和。汤把这个过程看作一种自我教育，我猜她心目中的自我教育，一定不是让自己放弃曾经坚持的初心，然后变得像很多人期望的那般成熟长大。但我想这里面还是有一个和自己和解的过程，不是说放弃初心，变得世故圆滑，而是说，不再执于一念，能够认识自己和人性中的缺陷，也理解这个世界的种种扭曲，不会放弃，但也懂得欣赏哪怕瞬间的岁月静好，安心接受不完美但仍然有魅力的自己。再看汤，她似乎已经不再扮演那个跟自己赛跑的人，很多时候却要比那时候更笃定。这就是成长吧。

从来未曾给人写过序，不确定究竟应该怎样写，忐忑答应下来，却生怕辜负了汤的厚望。喜欢文字的人，很多时候有意无意间是在跟自己对话的，无论年长年少，都是这样。这个年代喜欢文字的人是不是更少了我不知道，但情愿坐下来用文字跟自己对话的人，一定是更少了。我不敢说这样做一定有多好，更何况每个人的方式不同。但在这个浮躁的时代，留一点儿时间给自己——不管有什么回报或者能得到什么吧，总还是不坏的选择。

是为序。

《经济观察报》执行总编

序二：最好的学生

去年圣诞前，我尚在加拿大西蒙·弗雷泽大学传播学院（SFU）做访问学者，我突然接到小汤的越洋电话。寒暄之后，她提出一个请求，要我为她的新书写序。小汤是我的学生，算是我最欣赏的学生之一。十年来，我见证了她的成长。尽管我觉得很有资格来写这个序言，但毕竟是第一次写序，有些胆小，怕影响了书的销售。小汤进一步劝我："我也是第一次写书。"

人生总得跨过这第一次，面对小汤的劝说，我终于答应下来。答应归答应，四个月过去了，书都快要进印厂了，我的序还是没有写出来。小汤不敢催我，不时用各种方式含蓄地暗示我。实际上，我并不是没有把这件事放在心上，而是希望借这个序言说清楚一些问题。要说清楚这些问题，我需要跟小汤见一次面。所以，在加拿大我一直没有动笔。今年3月回国后，我约见了小汤，我们进行了一次长谈。长谈结束之后，心里有底了，便迅速有了这篇序言。

小汤在中国传媒大学学的是国际新闻专业，因为学业成绩优秀被保送读硕士研究生。研究生毕业后，在《经济观察报》工作，做英文编辑。2011年4月，她有了一次难得的机会，去泰国《曼谷邮报》做交换记者，这个机会是由挪威FK基金会提供的。FK是挪威一个已故伯爵的名字，基金会是由FK家族捐资成立的，主要资助环保、医疗和人权等有关的交换项目。

我记得临走前，小汤给我打过一个电话，我给了她一些鼓励。当时，我相信她一定会干得很出色，但没想到的是会如此出色。在《曼谷邮报》，小汤的工作量是他们正式员工工作量的两倍。难怪《曼谷邮报》的人力资源部副主席彭彭先生说："我们从没把她当作交换记者，我们视她为《曼谷邮报》的正式员工。"挪威FK工作人员在对小汤考核之后把她列为《2011年度FK国际交换组织年度报告报告》"人物排行榜"第一位，她是这个组织跟中国合作以来唯一一位获得如此良好评价的中国记者。小汤的报道同时还引起了中国驻泰国大使馆的注意。那一年秋天，小汤应邀出席大使馆的国庆晚宴。

有意思的是，尽管很出色，但小汤从来不认为自己很适合做记者。她从泰国回到北京，我就请她到中国传媒大学给大学生做讲座。她一开场就语惊四座："其实我是不适合做记者的，因为我很宅。"很多人认为她是谦虚，其实，了解她的人都知道，小汤喜欢观察世界，更喜欢跟自己的灵魂对话。

所以，完全可以猜想，《曼谷邮报》会把小汤视为一个谜。一个嘻嘻哈哈、弱不禁风的"宅"女子怎么能用非母语的英文写出如此高水平的新闻特稿和新闻评论呢？而且是在她完全听不懂的泰语环境里。

先讲一个故事。2008年，她硕士研究生的实习阶段。她不知道去哪实习，想征求我的意见。我推荐她去了《证券日报》。那个时候的小汤，对证券和投资基本上一无所知。在人才济济的《证券日报》实习三个月，小汤有三篇新闻作品获得月度新闻好稿和季度新闻好稿，好多编辑记者都争相认识她。这次小小的成功，我觉得来源于她的悟性和良好的新闻感觉。这个意见，小汤是认可的。

如果说在实习阶段，小汤的新闻选择还是建立在悟性和感觉的基础之上，那么工作了三年之后的小汤，她的视野得到了拓展，她对社会问题的认识逐渐深刻起来。但她并没有把自己培养为专家，而是专心做她的记者。她常说的一句话是，"像专家一样思考，但我只负责报道事实，不负责解决问题。"在泰国《曼谷邮报》，她把触角伸向整个泰国的政治、经济、社会和文化等领域，她报道的选题不仅有妓女、毒品和变性人，还有国王、政党、佛教、乡村、问题少女、性学家等等。这些报道的来龙去脉构成了本书的主要框架。可以说，它仅仅是小汤泰国《曼谷邮报》交换记者的副产品。

小汤是极聪明的，她有独特的采访方法，我把这个方法叫作"农村包围城市"。现在，这个方法成了我在中国传媒大学新闻学院讲授《新闻采访》课的一个内容。在得到一个选题之后，小汤总是不急于采访新闻的"中心人物"，而是先在外围"作战"。等外围扫荡得差不多了，再直奔新闻的中心。在新闻"中心"的采访，小汤通常总是速战速决。这也就给人以"疑惑"：怎么那么快就完成了采访，而且还写得那么深刻。他们不知道小汤在外围做了那么多工作。小汤在《曼谷邮报》的很多报道都能看到这个方法应用的踪迹。但她用得最炉火纯青的案例应该是对经济学家林毅夫的报道。她对林毅夫的面对面采访不到五分钟，但她对林毅夫的报道却长达五千多字。业内人士评论说，这篇新闻应该是近年来针对林毅夫最权威也是最专业的报道。实际上，在采访林毅夫之前，小汤已经花费了将近二十天时间采访林毅夫的熟人，还去蹭林毅夫的课，参加由林毅夫出席的论坛等等。

还有一篇关于宜家的报道，2013年小汤前后历时三个月，采访了宜家的兄弟公司——英特宜家、宜家原材料供应商和职能部门合作伙伴、中国区总裁、中国发言人、宜家会员、研究宜家的经济学家、宜家竞争对手、甚至宝洁和联合利华这些看似与宜家并无关系的外资大佬等等二十来个人，又查找历史报道、整理所有跟宜家有关的市场数据，得出了宜家除了是全球最大的家居企业，还是中国最大的"外资地主"这一结论。从中不难看出，宜家之所以能在面对本土竞争对手崛起和外资企业整体行情下滑的挑战仍然游刃有余，正是因为它的"地主"身份和它与兄弟公司——英特宜家，互相配合、强强联合的战略。这篇文章被评为《经济观察报》"好新闻"，还登上了宜家内部的全球新闻网，宜家总部公关还为此致电宜家中国，说，"为什么这个中国记者从未来过瑞典，却把宜家的老底都掀了出来？"在电话里跟我描述瑞典宜家总部公关团队的震惊时，小汤语气里，有小小的得意。

如果说，去泰国之前，小汤的自信心还没有完全建立起来的话，那么从泰国回来，我看到了一个独立且信心满满的小汤，她似乎不再"困惑"。在新媒体时代，传统的纸媒面临挑战，纯洁的新闻不再"纯洁"。小汤为此很痛苦。2013年年底，小汤告诉我一个令我惊讶的职业选择：她离开了《经济观察报》，去一家外资企业做市场传播工作。她离开的理由很简单：她只能专注做一件事，当她的写作需要承担另一种功能的时候，她就很难适应了。

对于小汤的选择，从我内心出发，我是不同意她这样做的。因为我觉得中国不缺她这样的市场传播人才，但中国缺她这样的好记者。社会是一个系统，这个系统要有秩序地运转，就必须要有专业的媒体机构生产有效的信息。社会越现代化，对信息的品质就越高，这个高品质的信息需要资深的记者。我们现在很多新闻事件的背后总是年轻、幼稚的眼睛，缺乏独到和深刻，这对正在转型的中国不是一件好事，但愿改革能够理顺这个关系，也能产生一种机制，让那些优秀的记者脱颖而出。小汤还很年轻，她的路还很长。当然，丰富的人生经历也是一个资深记者的营养。

是为序。

肖弦弈
2015 年 3 月 22 日
于中国传媒大学新闻学院

培训班的故事

到曼谷了，北京春夜里安静的漆黑仍挥之不去

2011年4月22日。

从首都国际机场到曼谷素万那普国际机场，直航需要四个小时四十分钟。北京仍是春寒料峭，国航的机舱里也是凉意飕飕。裹着两床毯子半睡半醒地挨过了五个小时的航班，脑子里挥之不去的仍是北京春夜里那一股子安静的漆黑。

第一次出国，不知道应该害怕什么。心里却仍有满满的忐忑。

素万那普是国人最为熟知的曼谷机场，因为国际航班多在此。四月是曼谷最热的季节，于北国的人们而言却仍是冬季。机场来来往往的人们中有人穿羽绒服，有人背心热裤。倒也应了中国那句"春秋时节乱穿衣"的俗语。印象最深的就是机场内随处可见的中文标识，恍惚间怀疑自己是不是又回到了五个小时前离开的首都国际机场。

曼谷比北京晚一个小时。此时是曼谷时间深夜十二点。去提行李之前需要经过移民审查台。看到排在前面的长龙人人手拿一张蓝色的单子，我才反应过来，空姐在大家下机之前给每个人发的是什么。后悔无益。只得中途跑到单子台再去拿一张，填写完，然后重新排队。这样一折腾，一个小时很快过去。

拿行李也不顺利。我从国内带来的感冒药和消炎片被认为是危险物品。开箱检查又费了不少时间。等到终于在机场门口看到那个写着"Xiangyang Tang,China,FK"字样的牌子时，已经是夜里两点。

来接机的是个肤色黝黑的泰国男人，中等个子，不会说英语，做事倒是麻利。对照了护照里的姓名和照片后，便来提我身后巨大的深蓝色行李箱。带着我穿过层层的楼梯去找他的黑色面包车时，脸上几乎没有表情。

原来，"微笑之国"里的人们也不是人人爱笑的。

面包车驶出机场。打开窗户，迎面而来的灼人热浪告诉我，这里，便是我的梦想之国了。

酒店距离机场很远。司机一路沉默不言。我已经过了困劲儿，便任由自己的眼睛在这灼热的夜色里随意着陆。沿途路过的曼谷郊区的房子大都老旧不堪。公路边最显眼居然是海尔和三一的广告牌。不知道是不是因为我这个中国人对中文更敏感的缘故。

到达酒店时已经是夜里两点。挪威项目的亚洲代表来了一个电话，亲切的女声问一路是否顺利。只记得自己说了"Yes,thanks"。之后洗澡、睡觉。

异国第一夜，安然无梦。

14个国家，37名同学，17天培训课培训

在去《曼谷邮报》报到之前，项目方安排了21天的培训。我需要跟来自14个国家的37名同学一起上17天课，此外还有一天的时间游览曼谷水上市场、一天用来参观《曼谷邮报》社，另有两天去曼谷周边的农村做"住家访问"（home visit）。

课是介绍FK项目。那位前一天负责接机安排的妮萨女士讲解了很久。我只记得这是挪威外交部下面的一个国际基金项目，用一位已故挪威伯爵的名字命名。其余的则印象寡淡，大约是因为，当我问到为什么挪威政府要赞助这样一

培训现场：大家几乎每天都席地而坐

培训期间与同学们在酒店外合影

个发展中国家的交换项目时，妮萨只是简单说了一句"挪威是一个很小的国家，并不那么为人所知道"。

课程内容集中于基本的国际礼仪、如何解决交换期间的"文化休克"（cultural shock）、国际人权组织条例、发散思维、个性测试等。任何一堂课，都留出充分的时间给大家自由发言。所以我们每天都在大量的讨论中度过。

到了国外才知道自己是中国人

那天的讨论主题是介绍交换国的风土人情。很多人选择了按照主题分类介绍，但是也有同学选择了地图这样直观的方式。交换到中国的四名同学就在课堂上挂出了一幅自制的中国地图。我像往常一样窝在软椅里半闭着眼睛听同学们介绍，总感觉有眼光落在我身上，却没有察觉出任何异样。

也许是睡觉姿势难看了点？

这幅地图是用颜色来标识中国与周边国家的边界的。我睁开眼睛看了很久，没有问题。跟同学们一起顺着讲解者的手指细看：大陆是橘红色的，台湾却是浅黄色。

把手高举了很久，终于等到了可以提问的时候。我惊讶于平常不屑于辩论的自己在特殊情境下的口若悬河：

我注意到，在这幅地图上，大陆和台湾用的是不一样的颜色。在这样一个倡导国际化的场合，我不想提盲目的爱国主义。我只想说两个事实。第一个是，在联合国192个组成国家里，没有一个国家的名字叫作台湾；第二个事实是，1972年，美国总统尼克松访华，中美签署三个联合公报时，美国承认，世界上只有一个中国，台湾是中国的一部分。

结束"演讲"时，全场一片寂静。一位老挝同学当即拿来了一支笔，把台湾区域涂成了橘黄色。

后来被称为"中国发言人"（Chinese speaker）的我初战告捷，心里却是有

莫名的忐忑。平常最厌恶唱高调的人，事到临头却是最为高调的一个。

也许人人都是到了国外才知道自己是中国人。

事后，有位尼泊尔男同学 Shyam 来找我。"如果有人说，尼泊尔的国土不属于尼泊尔，我一定会站起来，打得他认错为止。"因为这一句话，我在培训班里有了除那位越南室友之外的第一个好朋友。

人权课上谈"计划生育"

那天上人权课时，我没有睡觉，只是走神而已。所以，当那位来自赞比亚的同学指名要"中国的汤"（Tang from China）回答问题时，我的表情看起来很平静。身着黄色纱丽的印度老师大概是知道"地图事件"的。她说先听她讲完课，让我稍稍准备一下。当我站起来的时候，我一直告诉自己，声音不能太大，否则会很刺耳。

"我来泰国后，有很多人问我'独生子女政策'（one-child policy）。我本人是家里的第二个孩子。中国政府允许农村家庭一胎为女儿的，可以生第二胎。但我还有一个哥哥。所以父母为我的出生支付了400块钱，也就是大约70美元。这之后我上学、工作、结婚、买房，直到今天出国来到这里，没有因为我是超生出来的而受到任何阻碍。所以我对你们提到的那些为政府非难的超生儿童的处境并不知情。

"我想说的是，我并不是唯一没有因为自己是第二个孩子而受到责难的人。中国政府规定，夫妻双方均为独生子女的可以生第二胎，第一胎为非健康儿的可以生第二胎。此外还有若干情形，可以生第二胎。所以，这并不是一个绝对的政策，它是有活动空间的。

"国外很多人觉得这个政策违反人性。在中国，人们也在讨论适时结束这一政策。但我想说的是，事情都有正反两面。在座诸位可能没有在中国生活过，不知道现在的中国年轻人面临着多大的精神压力。从出生起，我们就要跟自己的同龄人竞争。为了进入一个好的小学、中学、大学而努力赶超，甚至找对象结婚时都要证明自己比别人更优秀。也许别的国家也有这样的压力，造成的原因会有很多。但在中国，13亿人口这个数字绝对是最重要的因素之一。毕竟资源是有限的。所以，当很多中国人在讨论政府是否应该放开二胎的时候，也有很多中国年轻人不愿意结婚、也不愿意生孩子。

"大家知道，我是一名媒体人。我的雇主也不是中国政府。可是在这个问题上，我个人是支持政府的，我不愿意我的后代跟我一样，生活在一个高度竞争的社会里。相反，我希望他能过更轻松快乐的生活。"

大家都没有作声。那位来自赞比亚的同学低下了头。

今天回过头去看这段发言，我会觉得自己肾上腺素过多了。事后，我也曾问同学们和项目官员如何看待我的观点。一位菲律宾同学说，汤，不管你的观点别人喜欢与否，至少你让大家看到事情还有另外一面。

真实的泰国是什么样子？

上了两个星期的课以后，终于等到了去曼谷农村做住家访问的时间。项目官员瑞雷（Ray）是个面冷心热的菲律宾人。在去农村的前一晚，他召集大家做最后的动员。反复强调的只有一句话：The hotel is not real Thailand.

那真实的泰国是什么样？

我很好奇。猜想同学们也是如此。

我们去的农村距离曼谷有一个小时的车程。清早六点起床，七点半动身，当九点钟坐在村务委员会的办公楼里时，大家仍然没有意识到之后两天要过什么样的日子。

虽然有翻译，但是村长的话还是没有人听。同学们都在猜测自己会被什么样的人领回家。很明显，自我们进门后就站成几排的村民并非没有差别。大家都在盼着能住进稍微好一点的人家。

"只要不需要跟着主人去农贸市场卖内裤就行。"一个不丹同学的话让大家笑弯了腰。

原以为会是随机分配，没想到却是念一个同学，相应地主人家就会把他领走。出了村务楼，大家有的坐摩托车，有的坐拖拉机，有的坐小汽车。两天里日子的区别由此可见端倪。我在众人羡慕的眼光里坐上了一辆蓝色的泰国国产车。而那位"不想卖内裤"的同学也得偿所愿。他的主人家是一名渔夫，所以，他要去卖咸鱼干，而不是内裤。

来接我的主人是一位大概五十岁的泰国农民，脸色黝黑，不太说话。车子在热带乡间马路上疾驰，偶尔减速的时候便能看见地上轧死的蛇。远处还不时有野生的类似蜥蜴的大爬行动物出现。不用想，我也能料到，这热带农村的日子恐怕不是有一辆汽车就能过得舒适。

到家了。这是一幢简单的双层泰式木屋。底下一层是只有四根大圆柱子支撑起来的车库。二层是主人家日常起居的地方。从楼梯开始就需要脱鞋。客厅大约30平米，为南北走向，东西两边都有大窗户，便于通风散热。与客厅相通的是并排的两间卧室。主人把我招呼进左手边的卧室后，就不见了踪影。

卧室里面是一张铺有粉色卧具的单人床。北向的窗边挂着一串粉色的塑料风铃。应该是这家女儿的卧室。

我解下背包，放在床边。正纳闷这家人都去了哪里时，门口出现了一个短头发的圆脸。我双手合十行泰国见面礼，说：萨瓦迪卡（泰语中女士的"你好"）。身着蓝色短袖的她微笑着回了我：萨瓦迪卡。我正在猜她是不是这张床的主人时，另外一张脸出现了：也是圆圆脸，长发，未语先笑，有两个小酒窝，穿着粉色的T恤。原来这才是这间屋子的真正主人。

她们都不太会说英文。名叫"蓉"（Rong）的粉衣女孩拿来了一本英泰对照的对话集：这也是项目方给安排的。在十分钟内，她问清楚了我饿不饿、渴不渴、累不累、哪里人等基本的问题，还告诉我到吃饭点时会带我去吃饭。只是我没办法跟她解释记者这个身份,因为没有报纸,指着客厅里的电视时,她也不明白那跟我有什么关系。

晚饭是在距离房子五分钟路程的一个小杂货店吃。经营杂货店才是这家人的主要营生。到了店门口,带着温厚笑容的阿婆一直忙进忙出。看她满脸的皱纹,我以为是蓉的奶奶,后来才知道原来是妈妈。我赶紧递上了礼物。

"妈妈"要负责择菜、做饭、照顾店里,蓉会在旁边帮忙,那位主人,也就是蓉的父亲,则一直在店门口和邻居聊天。我的确想起了"男女平等"这个概念,但我没资格批评他:从始至终,蓉和"妈妈"没有准许我做任何事。我就是个吃白饭的。

从早上到中午一直舟车劳顿,肚子实在是饿了。吃饭时,端起饭碗毫不客气几口扒完,蓉适时帮我添饭后,我又拿起了筷子。主人家和一起吃饭的邻居都笑了。

吃完饭,蓉和蓝衣女孩"兰"带我回了木屋。把我安顿在粉色小床上睡午

晚饭就在小店外的空地上摆了一张桌子,蓉为大家张罗碗筷

觉,两个女孩就不知道去了哪里。一觉醒来只觉得酷热难当。想起背包里带了饮料还有零食,拿出来放进冰箱里。然后就开始对着窗外的清风无所事事。

一只黄色小猫突然跑进了屋。我立刻捉了来抱在怀里。她挣扎了几声,就窝在我手臂里由着我给她挠痒痒了。

我喜欢它略带忧郁的眼神。或许是因为在这人生地不熟的异国乡村,我与它有着类似的心境。

整整一下午都没见到什么人。木房子旁边就是开阔的林地。不时能看到各种爬行动物。我放弃了出门找蓉和兰的念头,老老实实抱着那只黄猫坐在门口听风铃响了一回又一回。

当时没有想到,就是因为这只小猫赖在我怀里不肯走,蓉和兰待我才更亲近了几分。

晚饭是主人——"爸爸",来接我去吃的。仍是在店门口。我很高兴终于又见到了蓉和兰,还有来串门的项目培训班同学,来自斯里兰卡,名叫 Dora。这一顿饭很自然变成了两家人、我还有 Dora 的聚餐。

晚餐之后,我问蓉到哪里去洗澡。她把我领到了木屋前面用蓝色塑料板围起来的一个棚子,只有不到两平方米。里面有一个直径约一米的大水缸,地上有一个抽水管子。地面没有完全铺上水泥,棚角全是青苔。棚子搭得不够严密,门缝和塑料板底下都留了很大的空隙。

会不会有蛇?

跟蓉比画蛇在地上爬的样子。她笑着跟我保证这种事情不会发生。我只好拿着衣服忐忑进去。知道热带农村洗澡不可能会有热水,可是当水管里的水接触到头皮时,我还是打了一个冷战。洗完出来,进了客厅的时候,淘气的兰一直朝着我斜睨着眼睛:她是在笑话我,居然会怕蛇!

晚上蓉仍然把床让给了我,她和兰睡在了客厅里。她们看电视看到很晚,而电视就在客厅里。我为自己的"无耻"找了个很好的理由。

第二天吃过早饭,蓉和兰带我出去玩。一路上蓉和兰比画着告诉我,她们刚刚一起考了驾照,想要一起去城里找份工作,还说她们是一起长大的,从来没有分开过。老实说,我很羡慕这份姐妹情谊。真是难得。

第一站便是附近的寺庙。我跟蓉一起按照泰国佛教的风俗给佛像贴金色的锡纸,还为"妈妈"请了一尊小佛像做礼物:两天来白吃白住,她真是辛苦了。

午饭是在外面的饭馆吃的。可爱的蓉看到了我多看了一眼菜单,担心菜价太贵,说她来付钱。

这样好的女孩怎么没有男朋友?

从饭店出来时,下雨了。雨水拍打着车窗,似乎要把玻璃打碎。没见识过热带午后暴雨的我吓得噤声,被两个泰国女孩嘲笑了很久。

下午我们去了国王纪念碑公园,就是朱拉隆功五世的一尊雕像。蓉和兰在雕像面前双手合十,低头致敬,表情肃穆,与在佛祖面前一般无二。这是我第

左起:兰、我、蓉、Farhad、邻居

一次感受到国王在这个国家臣民心目中的分量。这一点还将在我以后的记者生涯里多次偶遇。

我在这里还见到了尼泊尔同学 Fahada，倍感亲切。眼神深邃、总是笑得一口白牙显露无遗的他与蓉和兰几乎一见如故。

因为蓉和兰要为晚饭做准备，所以我们又去了乡村农贸市场。我心里知道，她们去买菜很大程度上是为了给我做顿好吃的，因为第二天大清早我就要离开。离愁别绪就这样悄悄在心里发酵。

尽管如此，我也记挂着另外一件事：怎么只看见咸鱼干，不见那位帮渔夫卖鱼的不丹同学？

实在是遗憾。

回到家时还不到三点，蓉和兰把我送回木屋，就去了店里帮忙。她们拒绝了我要去帮忙的好意。培训课的老师早有交代，要帮农民做事，但是前提是得到他们的许可。我又为自己的偷懒找到了很好的借口。

原以为又会是一个安静的下午。偏偏此时回来了个"混世魔王"——主人家的儿子，蓉的哥哥。这时候我才反应过来，兰的照片并不在墙上挂着的全家福里，她是邻居家的女儿。我一直以为住着主人夫妇的另外一件卧室其实是属于蓉的哥哥和他的女朋友的。这两个人一回来就进了屋，我这个客人跟他们打招呼也被忽略不见。他们在里屋把音响开得很大，泰国流行歌曲的声音几乎响彻了整个乡村。

没有办法补上午睡，我再次抱着"阿黄"坐在门口听风铃声听了一下午。耳边有清风，内心却灼热：有这样的哥哥，蓉真的快乐吗？

我真是杞人忧天。蓉一直笑容甜美，跟我说她要跟兰去城里做工。

这个从下午一直到晚上既不出门、也不说话的哥哥让我无端想起了那个杂货店里不干活只聊天的父亲。对泰国男女地位不平等的观察便是由此开始。后来它被我写进了给《曼谷邮报》的评论里。

晚餐时,"妈妈"戴上了我送她的小佛像。她没有说话,只是不停地给我夹菜,让我吃金黄的摊鸡蛋。蓉和兰也是,把所有的菜几乎都要堆在我面前。哥哥不知所踪,"爸爸"却是含笑看着我。不知道为什么,眼泪就这样流了下来——为这家人对我的这份情谊。看到眼泪,蓉脸色如常,兰却悄悄背过了脸。

吃完饭刻意不顾蓉的好意,在杂货店里赖着不走。不让干活,就跟兰抢着玩店门口的吊床。似乎只有这样才能把相聚的时间拉长。

要洗澡时天色已晚,我很快做了放弃的决定。

第二天,蓉提前叫我起床。她比画着告诉我,她和兰都会去送我。我打包好行李,再次坐在了店门口。早点是泰国米饭加摊鸡蛋。阿婆不说话,"爸爸"没有表情,蓉安静地给每个人盛饭、夹菜,兰直到饭后才来。这一顿饭吃得太安静。

车子再次疾驰在乡间马路上,一路四人默默无语。我是怕一开口又会软弱地哭泣。

再次回到村务楼,同学们大都有恍如隔世之感。有位尼泊尔的男同学为主人家砍了三天芒果树,他几乎是以"解放了"的姿态拥抱每一位同学;另外一位男同学来自孟加拉。他逢人就说主人家有多有钱:两辆轿车,还说要带他去旅游;女孩子斯文些。我的越南室友自始至终都跟她的主人妈妈坐在一起,安静地看着同学们或泪或笑。

当我们坐在回酒店的大巴车上时,早上没有睡足的我昏昏欲睡,依稀听见了各国的歌声。在两天分别之后,大家变化的不仅仅是加深的肤色,连嗓门都高了许多。

住家访问由此告一段落。

培训结束后,我到了《曼谷邮报》工作。期间曾拜托我的生活指导科威特先生打电话给蓉,邀请她和兰来曼谷玩,与我同住。但她们都不愿意出门。我一直都不会讲泰语,无法跟她们有效交流,只得放弃跟她们保持联络。但两位可爱的泰国女孩和她们的家人却让我对这个国家更增添了亲切感。在结束交换工作，离开泰国之前，我写的《泰国印象结语篇：告别微笑之国》便是由此而来。算是对她们的一点美好纪念。

"杯子里面有条狗！"

在经过了前面十几天的集体生活后，我逐渐适应了这样不时需要发言的课堂生活。中国当时已经是一个正在被广泛瞩目的全球第二大经济体，而我是这个既古老又充满活力的国家里唯一的代表，而且还是一名被认为是"见多识广"的记者——虽然实际上当时还是一名"伪记者"。同学们和亚洲项目方常会邀请我发言，或者介绍我认识来自各个国家的项目参与方。

见到皮普哥（P'Paul）时，我只知道身材高大、浓眉深眼的他是《曼谷邮报》人力资源部的副主席。据说他与项目方关系熟络，所以应邀来培训现场参与交流。

培训现场的我

那一天我们的主要任务就是做游戏。除了在地毯上摸爬滚打，最好笑的是编故事。我们被随机分为八个小组、每组七人（含我的同学们和各个国家的项目官员）。每个人都要按次序去黑板上写下一句话，最后每组七句话会被连贯地读出来，成为一个故事。事先没有时间商量，也不许允交头接耳。这个故事怎么编？

有一组是这样写的：

我有一个妈妈。

妈妈有个杯子。

我不喜欢。

杯子里面有条狗。

我也不喜欢。

那狗会咬人！疼！

看到"杯子里有条狗"时，大家已经觉得匪夷所思；到最后一句时，人人都笑翻了。一向沉默寡言、不苟言笑的"大老板"、亚洲项目代表Sacha都难得地咧开了嘴：杯子里的狗真的会咬人？！

也有不和谐的做法。一位越南方面派来的项目官员每次做游戏时都会把别人写的擦掉，然后按照自己的意愿改写。

冲动的毛病又发作了。借着总结发言的机会，征得亚洲项目官员的同意，我拿过了已经用得很熟练的话筒。

"今天大家玩游戏玩得很开心，我也是。我注意到了一个有趣的现象，就是当我们面对前面一位伙伴写下的话时，我们可以有两种做法：一种是维持原样，接着写；一种是把它擦掉，自己重新写。我从第二种做法温习了一个我们媒体人必须恪守的一个原则，那就是：我无法赞同你说的每一个观点，但我誓死捍

卫你说话的权利。我想这是一种尊重，是我们彼此交流的基础。"

这一番话说完，我没有看任何人，安静地席地而坐。项目官员 Ray 接过了话筒，说：看起来似乎第二种做法更好一些。在一个团队里，有不同的声音并不是一件坏事。

我以为事情已经结束了，没料到还有下文。

到中午吃饭时，我跟着同学们一起出了教室。身后有人拍我的肩膀：汤，我们能一起吃个午饭吗？

是皮普哥。

这顿饭吃得很愉快。留学美国五年的皮普哥坦率直言：他原本要在培训班待上三天，好好观察一下《曼谷邮报》未来的交换记者，看她是否合格，好不好相处。现在他只来了两个小时，但他已经决定吃完饭就回去了。

"一个能够清楚表达的人必然会是一名好记者。"

原来，这就是来泰国之前，《曼谷邮报》项目方在邮件里所说的面试。我没有想到会在这样一种情况下顺利通过。（我更想不到，这样的"考试"还会发生。）

面试通过，我的心已经飞去了那家有着 67 年（当时是 65 年）历史的东南亚最古老的英文报纸。好在只有几天，就可以去报到了。

告别晚宴

最后一天的告别晚宴也是我们的毕业典礼。老师说，希望做成一个开放的、每个人都能参与的大 Party。同学们需要投票决定角色归属。我被选为女主持人和女性结课发言人。我欣然接受了第一个任务。"革命战友"Shaym 是我的搭档。

项目方只给了我们三个小时的准备时间，但是我们需要筹备至少四个小时的演出。没有任何舞台经验的我很发愁，天性乐观的 Shaym 却叫我宽心。

"我有办法。"他用他一贯开玩笑的语调笑看着我说。我只能狐疑着点头。

我和我的搭档，shagm

我担任告别晚宴的主持人

告别晚宴

不然还能怎么办？

临到现场，我才知道他所说的"办法"是什么。每次当我正正经经说完一大堆措辞谨慎、语法完美的主持词时，临到他就变成了脱口秀。他把一切可以用来说话的场合都尽可能延长，不管下面准备表演的同学等得有多不耐烦。我终于明白，为什么会有同学告诉我，跟尼泊尔人在一起，你不用张嘴，带着耳朵就可以了。

每个国家的代表都需要表演至少一个节目。我没有文艺细胞，在报节目时就借着主持人这一身份赖了过去（这实在不太厚道）。轮到尼泊尔同学表演时，Shaym再次把他的拖延功夫发挥到极致。在这个舞台剧里，无论同伴们有多着急，他都一直摁着那位表演讹人钱财的"死人"的同学，不让对方"复活"。那位"死人"只好时不时冲观众眨眼，一脸无奈地硬躺着。

大家都笑弯了腰。

等到他终于"复活"时,我才意识到,Shyam 居然让他当了整整一个小时的"死人"!

表演期间,举杯、拍照、聊天,时间很快过去。项目方给我们发了毕业证书。晚宴很快就要结束了,我这个声称没有时间表演的女主持人却突然发了神经。走到话筒前,对着满屋子的项目官员、老师和同学,清唱了一曲:阿根廷,别为我哭泣(Don't cry for me,Argentina)。

满屋寂静。我只来得及听见那位泰国伊斯兰姐妹 Rohani 说了句:汤,你们中国人真坏。我说好了不哭的。

同学们,我发誓我只任性这一回。

毕业典礼结束,我有意去酒店外看了一眼曼谷夜景。《曼谷邮报》是日报,此时应该是截稿时间。我的未来同事们有没有在熬夜加班?

是时候去做一名真正的记者了。我在泰国的真正考验由此开始。

"伪记者"现形记之一：清迈的番茄

醉汉狂歌

皮普哥说，他22岁到美国的第一夜，想到自己在今后五年都要在这个陌生的国度里度过，心里徒生恐惧。

"我是个男人。可是那一夜我号啕到深夜。"

我知道，他是得知我是第一次离家出国，怕我不能忍受今后的种种艰辛，来给我打预防针的。

阳台上没有阻隔，一街之隔的便是贫民窟。离开培训班的第一夜，已是夜里1点，街头醉汉的歌声仍然高亢。关灯以后，里里外外漆黑一片。告诉自己不能哭泣，可心里的泪却流了一地。

我开始自卑了

醉汉的歌声没能影响我的作息。第二天早上五点就起床，把自己收拾整齐以后才不到六点。天已经大亮，我却仍像是个盲人。不敢打车，怕被人抢劫、怕挨人宰，关键是我根本不知道怎么打车去《曼谷邮报》社。依稀记得皮普哥说过，《曼谷邮报》社离此不远。没有多少犹豫，决定走路去。

报社要求我九点报到；生活指导果哥是个谨慎的人，他说我最好八点到。可是当我一路问过去，站到邮报大楼前的时候也才不过七点。还没有人来上班。我一个人在这前后三栋大楼没有上锁的地方转了个遍，才等来人力资源部第一个来上班的人。

跟着他进入主楼，那个从昨晚就一直心有戚戚的"盲人"突然不那么害怕。

其实，这并不是我第一次来《曼谷邮报》社。在培训期间已经跟同学们参观过这个包含着前后三座大楼的报社。

《曼谷邮报》为泰国最大的英文报纸，隶属于邮报出版公众有限公司（The Post Publishing Public Company limited）。这家迄今已经有 67 年历史的报纸在泰国乃至整个东南亚地区都备受尊敬。除了《曼谷邮报》之外，邮报出版公众公司旗下还有一份泰文报纸、一份中文报纸和一家图书出版公司。此外，它还经营着泰国最大的印刷厂。

《曼谷邮报》的主要竞争对手为《The Nation》。

关于《曼谷邮报》与新中国的历史渊源可以追溯到 1957 年，时任总编辑的 Harry Frederik 先生访问中国，受到毛泽东的接见。他俩的合影至今依然挂在邮报办公楼的过道走廊里，与之相邻的照片是诗琳通公主造访《曼谷邮报》社。

顺便说一句，《曼谷邮报》现任总编辑帕坦阿鹏先生为华裔。他最爱的书就是金庸武侠小说。这套书在泰国无论是北部山区还是南部海岛均不难找到。

报社三栋楼中的第一栋大楼为邮报出版公众公司的行政楼。社委会、股东委员会、图书出版公司、人力资源部、电视台、泰文报纸编辑部等部门的办公室均设于此；第二栋楼只有两层，一楼为餐厅，二楼为医务室和健身房，有楼梯与前后两栋大楼连接；第三栋大楼为四层，为《曼谷邮报》编辑部。

我承认，参观到第三栋楼时，没见识过西方媒体办公状态的我的确被镇住了：或许是赶上了截稿时间，近两百平方米的办公区域里，几十号人几乎人人健步如飞。70 多岁的老报人驼着背、拿着放大镜在翻字典；蓝眼金发的欧洲人

与黑皮肤黑眼睛的印度人共用一张办公桌；粗嗓子的编辑一边念着打印出来的稿子，一边大声开骂："Shit! Does he know what he's writing?"

突然很怀疑，自己究竟干不干得了这活？当初选择来，到底对不对？

不敢告诉任何人，只是从那以后心里暗暗忐忑。

来参观时，一位留着利落短发的女编辑要了我的护照号码。没有明白怎么回事。老老实实留下了护照复印件。

报到第一天，我以为只是办个简单的手续。仗着自己比预定的时间提前整整一个小时到达，我又到了邮报编辑部，想仔细看看这个见第一面就令我失掉自信的地方。

编辑部所在的大楼共有四层，其中记者、编辑办公区域为第二层和第四层，每层大概两百平米。我所在生活方式部当时位于第二层。这是一个汇聚了商业报道组、生活方式、周日特刊、书评报道组等多个部门的办公区域。各个部门没有标识，其办公区域也没有任何阻隔。

我的编辑 P Jom（周姐）要我"随便找个地儿坐"。我看似乎每个固定座席上都有人，就坐在了那张足有三米长的公共办公桌边。以为自己只是暂时没有固定座位，所以对满桌零散的文件、没有键盘的台式电脑、脏兮兮的花篮、破败的花束、零食、铅笔不以为意。但周姐告诉我说，也许我得一直坐在那里。

为什么？

因为我只是一名交换记者，不是邮报正式员工？

是的。我是个外人，或许连实习生都算不上：这里的泰国实习生母语是泰语，欧美实习生母语是英文，都比我这个中国人强。

没人给我任何暗示，但国人天然的论资排辈的心理开始发挥作用。

因为一张桌子，在培训班上人人称赞的我开始自卑，不知道这张桌子不过是考验的开始。

你明天去出差！

我还在观察编辑部，幻想着上班第一天以"半客人"的身份轻松入职。谁料不到中午，人力资源部通知我：编委会刚刚决定，派我第二天清早去清迈出差。

清迈在哪？

谁带我去？

去干什么？

答案是：第一个问题，自己查地图；第二个问题，你一个人去；第三个问题，我也不知道。没人知道。

这算什么？

培训班里老师教了很久的"忍耐""安静"没有发挥半点作用。我这才明白为什么在参观访问时就有人管我要护照复印件。

我为什么要给她？

心里各种挫败感和阴谋论。前一夜醉汉狂歌留在心里的恐惧尚未完全散去。此时突遭打击的第一反应却不是害怕，而是愤怒：就算我连实习生都不是，也不能这样对我。

自此我开始知道，自己其实是个没多少度量的人。不过是在国内很少这样被考验。

唯一的安慰是，人力资源部副主席皮普哥替我说了句"公道话"：汤初来乍到，是不是应该缓一缓再派她出差？

当他向我转述这句话时，表情生动，眼含同情。我很是感动，觉得自己在这个"非常不人道"的地方有了可以信赖的"大哥"。

其实大哥才是真正的"非人类"。这是后话。

鸡飞狗跳

于是那天剩下的时间都变得鸡飞狗跳。前一天到达报社替我租下的公寓时已经很晚,很多生活用品还没有买全。我还没有开始学泰语。这个远在城郊、旁边就是贫民窟的公寓周边并没有英语人士回答我的"生活百科式"的问题,所以我和我的生活指导,科威特先生,马上开始了大采购。

周边有两个大超市可供选择。所以日常用品不成问题。贴心能干的科威特先生想到我第二天要出差,肯定需要一个随身行李箱,建议我立即买一个。我觉得很有道理,二话不说表示赞同——两个人只顾沉浸在我马上要独自出差的震惊当中,都忘了问:这一次出差要去多久?

箱子买了,锅碗瓢盆、卧具、衣架、香皂、洗衣粉,凡是我能想到的一个独居女人应该需要的都已经一应俱全。我从大清早赶到报社,跑各个部门办手续,做 Orientation(入职培训),遭受打击之后从报社赶回来大采购,忙到晚上八点,实在是走不动了。好心的科威特先生帮我做完了剩余的采购。(估计他也看出来了,我除了满脑子想着第二天去机场能不能顺利打上车以外,其他都没精力在乎了。)

皮普哥下班后也赶了过来。得知我一直没顾上吃饭,他给我带了一碗日本面。我爬起来吞了几口,估计连谢谢都忘了说,我根本不知道他俩是什么时候走的。唯一记得的就是,皮普哥走前看我的眼神,是一副十足怜悯的神情。

我骄傲地转过了头。

公关是做什么的?

除了科威特先生这个生活指导,做事严谨的《曼谷邮报》还给我配了一位工作指导:安吉利女士。在相处了大约一个月之后,他们二位很自然地按照泰国风俗成了我的果哥、墨姐。这两位后来伴随着我走过了很多出差、旅行的路程。我们由此结下了深厚的友谊。墨姐后来还成为《曼谷邮报》派往我所在的《经济观察报》的交换记者。这是后话。

我的航班是早上八点，要去曼谷的国内机场：廊曼机场。它距离我的公寓比国际机场远，我又是第一次在泰国单独出远门。墨姐为我预定了计程车送机服务。

当司机出现在我楼下时，我已经穿戴整齐，拖着我只够装一台笔记本电脑和几件随身衣服的行李箱等候多时。墨姐来电问候时，我已经在去机场的路上。电话那边的她声音突然松懈，我没有告诉她：其实我也松了一口气——至少，不用担心迟到了。

一个小时后到达机场，才不到七点。飞机晚点，要八点半起飞。我在机场吃了早点，逛了无数次纪念品店以后，突然接到了电话：是活动方的公关打来的。她们会陪我去清迈。我到那时才明白：邮报只派我一个人去，但我并不是一个人出差。

没有任何记者经验的"伪记者"一下现了形。

好在没有人看到。

这些公关们都是清一色的长腿、长发，妆容精致，笑容明媚。在一群娇滴滴的莺歌燕舞中，连我这个女人都觉得很享受。完全不记得自己至少应该怀疑：她们是不是人妖？

回来后，我把我的怀疑告诉了墨姐，她几乎笑岔了气。

"汤，除了人妖，泰国还是有美女的。只是大都不是百分之百'原装'。"后来皮普哥告诉我。

"人妖"们不仅长得美，服务也很周到。得知我是初来泰国，且是第一次出差，她们一路都对我很照顾。虽然我一直要求自己提，但是那只箱子很少在我手上。

除了做公关，她们同时还是我的临时翻译。经过她们合力解释，我大概弄清楚了，我们此行要去的是清迈山区，下了飞机还要坐三个多小时的汽车。一听此话，我庆幸自己带了清凉油：在国内，我坐汽车超过一个小时必然晕车。

但我还是小瞧了这次出差的艰巨性。下飞机以后，一辆面包车来接我们。车子刚开始还在城区大马路上疾驰，不多久就变成了乡间马路，最后是盘山公路。半路上，我就闭上了眼睛，希望自己能够睡着，以期减轻晕车症状。

在车上已经天旋地转，只好闭目不言。下了车就避开了人群，找了个没人的地方"翻江倒海"。等大家都下了车时，我已经漱完口，站在一边微笑。"人妖"们没有察觉任何异样。

这些番茄是染缸里面捞出来的吗？

这是山区里的一个农业项目：种植五色番茄。它是由国王基金会和澳大利亚农业公司 Sizzler 合作项目，国王基金会负责给农民提供初始经费，Sizzler 负

五色番茄

责培训农民，收购他们出产的番茄。今天的活动就是 Sizzler 邀请媒体前来观看项目进度，并与当地农民一起采摘这种五颜六色的番茄。我在现场把红色、黄色、橘色、白色和绿色的番茄尝了个遍。味道酸甜，很新鲜。当地农民还把番茄做成了奶昔状的果汁，盛在透明的玻璃杯里，每个杯子里面插着一只吸管，上面还有一朵山里刚采摘下来的小花。我简直都不忍心喝了，赶紧拍了下来。

当地官员还安排了表演。一群身着深蓝色泰国少数民族服装的小女孩撑着彩色的油纸伞跳起了民族舞。我跟着农民一起席地而坐，也没顾上地上有多少泥。等到一位老农民手握一只箫（其实不能确定是不是箫）在这盛夏的天气里吹出了苍凉的秋意时，我已经快忘了自己是一名记者：这样美好的箫声，居然会栖息在这几乎与世隔绝的大山里。

表演结束后，我们一行人与表演者合影。我这才注意到，跟我们同行的还有一位人妖模特。"她"（还是应该说"他"？）是这个项目的官方代言人。我一路都没能很好地适应"她"粗粗的嗓门和厚厚的白粉，但"她"却并不介意当我的摄影模特。

午餐是在一个露天棚子里吃的。是山里的腌肉和蔬菜。胃里空空的我立马大快朵颐。印象最深的是吃到了一种红红的花。味道涩涩的，有一股天然的清香。嚼着一朵小红花，立马开始自恋：陈家洛的香香公主也是吃花的！

午饭之后，我们穿上了白色胶鞋去院子里采摘番茄。见到那些挂在枝头的番茄时，我才真的相信，那些五颜六色的果实的确是植物上面长出来的，而不是被染了色！

一路猎奇尝鲜，晕车症状自然而然消失了。我没有忘记自己带着报道任务而来。从抵达大山到傍晚离开，在整个过程当中，我跟所有愿意跟我开口的人聊，即使对方只会一两句英文——为了交流，我们不得不同时手舞足蹈。

当面包车驶离大山时，如果不是"人妖"们提醒，我几乎忘了自己还有一只行李箱。一直到吃完晚饭，面包车带我们驶近机场时，我才意识到：活动已

表演结束后与表演者合影

经结束了。我们不用住宿。

我永远不会忘记,自己第一次以记者的身份出差时,不知道公关的存在,还带着一只从未打开过的行李箱。

等到回到曼谷,我才发现,从早上五点到夜里十一点,除了来回近三个小时的飞机,我还坐了八个小时的汽车。这绝对是我有生以来在汽车里待过的最长时间。

这次经历后来被我写进了"泰国印象系列:番茄的救助"。

汤,我等着看你的文章

在活动现场我已经做完大部分采访:受惠农民、农民家人、项目官员、培训老师等。我对有机农业并不熟悉,尤其是五颜六色的番茄明显违反常理。回曼谷的路上我就在想,应该找个懂行的专家聊聊。恰巧我所在项目除了有记者交换以外,还有农业科技工作者的交换。所以培训班里请了一位农业专家给我们上课。他应该是个合适的采访对象。

回来后第二天上午,我便在邮报办公室用电话采访了那位老师。他给我详细讲明了这种五色番茄在科学上的可行性。关键是他告诉我,这种技术其实并不怎么新鲜,不过因为产品少见,所以人们会比较好奇而已。

当我在打电话时,编辑周姐就在旁边。她说,汤,我等着看你的文章。

她没有等多久。当天下午稿子就写出来了。周姐震惊于我的速度。她问:有图片吗?

后来图片编辑兰姐(P Lam)找到我,建议我把佳能相机里的日期显示功能关掉,"这样能省我很多事"。我说好。

稿子刊登后的第二周,"人妖"们带着一篮子五色番茄来谢谢我的老板、生活方式部主任、邮报社委会唯一的女性成员 Mrs.Usnisa。她们一群女人你侬我侬(泰语真的好多 ong 的音)。我在旁边看着,微笑不语。

初战告捷。我却再也不敢掉以轻心。这个地方,不好混。

后 记

大约过去半年以后,墨姐告诉我,其实当初派我去清迈时,编辑们的意见并不统一。有编辑认为,明知道汤初来乍到,又不懂泰语,第二天就让她去北部山区是不合理的。是那位后来成为我直属上司的 P Jom,周姐,极力主张要考验我是否具备为《曼谷邮报》做事的资格。

"反正死不了人。"这是她的原话。

我问墨姐,如果我没有通过考验,会怎么样?

"谁知道呢。也许你在泰国会拥有一个超长的假期。"

汤,你们中国不是一向重男轻女吗

农贸市场里的班车

从清迈回来以后,我清闲了一段时间。没有人给我派活儿,我自己也因为人生地不熟,不知道如何报选题。曾经试图参与编前会。但好心的编辑告诉我,"全是泰语"。我只好作罢,暂时做起了闲云野鹤。

第一天去报社时,我并不知道报社有班车。所以走路走得大汗淋漓也没觉得有什么不妥。从清迈回来后,果哥告诉我报社每天都有班车接送同事。于是我每天早上都会去距离公寓15分钟路程的农贸市场等那辆每半个小时发车一次的班车。老实说,第一次看到五个轮子、而非四个轮子的"班车"(五轮货车)时,我的确吃了一惊。

除了班车颇有特色,我还终于搞清楚了为什么我在编辑部没有固定座位。原来,整个编辑部其实没有人有固定的办公桌,人人都是"随便坐",直到大家对你的座位习以为常。

我的老板,Mrs. Usnisa 女士也没有办公桌。她跟我一样,长期打游击:坐哪算哪。Mrs. Usnisa 是泰国诗琳通公主的大学同学,与王室交好。她本人是留学英国的硕士。她待人亲和,作风洋派,在《曼谷邮报》极受爱戴,访客都称她为Mrs. Usnisa。在邮报内部，我们称她为倪姐（P Ni）。

解除了自卑心理，我便一直安然坐在"公共区域"，与各类记者、编辑、实习生、来访者共用一张桌子长达半年。在每天对着一个残破的花篮和若干破败的花朵写作约有两个星期后，我便开始有样学样——把这些可以称作"悲观主义花朵"的东西视作理所当然，从来也没想过要把它们弄整齐点。

回国正式转当记者，我常常不明白为什么我会变得越来越懒散。现在想来，那张从来没整齐过的长桌子或许就是答案。

你们中国不是一向重男轻女吗？

才做了几天闲人，工作指导（work mentor）墨姐出差回来了。她看我整天无所事事，说要找一个"有意思"的事情给我干。还没来得及兴奋，她就扔给我三本英文书：日本人写的《中国鬼故事》（Chinese ghost stories），美国人写的《误打误撞的办公室女郎》（Accidental Office Lady），还有一本70年代出版的《宋美龄传》。

原来墨姐除了给生活方式部当记者，同时还是邮报星期天书评的专栏作者。

她问我，你看书仔细吗？我不敢说不仔细。

抱着三本书回到公寓。墨姐交代先看《中国鬼故事》。我只得照做。每天晚上关上房门就跟各种聊斋人物约会。这些故事大都很熟悉。讲来讲去都是书生撞上女鬼、女鬼变成夫人、然后夫妻分离的老套路。故事里的书生多是白面俊俏，但孱弱无能，"白骨精"女鬼不仅要奉献爱情，还要给书生造房子、请佣人等。我实在看得有些无聊，没多久就开始动笔，写了我在《曼谷邮报》的第一篇书评。

文章交上去以后，墨姐亲自把关。她只问了一句话：汤，你说现在很多中国家庭仍然是女人当家，这是真的吗？

我还没来得及回答，她就信誓旦旦地说："有一天我会去中国，看看你说的到底是不是真的。"

我不明所以。以为文章会被动大手术。结果却是一字不改登在了《曼谷邮报》周日特刊上。

《曼谷邮报》文章：

来生快乐

鬼故事几千年来都是中国文化独特的一部分。有很多外国人可以很好地驾驭中国画或者音乐，但很少有人能精通中国鬼故事。

小泉八云，原名拉卡夫迪奥·赫恩（Lafcadio Hearn）是个例外。1850年出生于希腊，他的大半辈子却是在美国和日本度过，并以对日本文化、社会和人的深入写作而闻名。

小泉八云还是一位著名的将亚洲文学作品翻译成英文的译者，尤其擅长翻译日本的民间故事和鬼故事。他的译著《怪谈》被部分改编成了日本著名导演小林正树1965年作品《怪谈》，同年这部作品获得戛纳电影节"评审团特别奖"。

他的《中国鬼故事》充满了英雄式的牺牲、令人尖叫的恐怖和尖锐、绝望的爱。

美丽的葛爱（音译）为深爱的父亲牺牲了自己，成为了北京大钟寺恐怖的女鬼；清朝的明逸（音译）爱上了唐朝的女鬼薛涛；董永为了葬父，将自己卖给了有钱的地主，没想到却赢得了玉皇大帝的同情，后者派了女儿——织女，去做了董永的妻子（这与中国版本的民间故事不完全符合）；唐朝大法官颜真敬（音译）被叛将杀死后，获得永生，帮助朝廷平息了叛乱。

小泉八云在讲这些故事时，用了很精细的笔调，使得他的故事文笔动人，令人悦读。那些优雅如梦的场景令人着迷，颇富魅力的人物个性令人对美好的结局充满期待。

　　比如，明逸和薛涛的会面描写就很好地展现了小泉八云的写作技巧。"那一天，空气中花香醉人，蜂鸣嗡嗡。明逸觉得，自己踏上的那条小径似乎几十年来从未有人走过：青草疯长，两边的大树生长出来的枝叶在他的头顶交错成团，投下丛丛阴影；树影朦胧，鸟鸣却声声入耳；大树排成长长的一排，在金黄的雾气下青葱郁郁；浓郁花香更使得这片林子如同庙里焚香一般无二。"

　　虽然小泉八云的故事读来浪漫动人，但它们本质上与中国的故事原型相差无几。他在故事中加入了哲学的思考。在《茶树传统》中，他写到了"克制的美好"。这正是中国人核心文化之一；而故事《大钟的魂灵》和《颜真敬回归》则显示了作者对于当时文化环境下"牺牲"一词的理解。前一个故事中的葛爱是为了对父亲的爱，后一个故事中的颜真敬则是为了对"天子"的忠心。

　　除了探究中国的灵性文化，小泉八云的笔触也延伸到了中国文化的其他部分。比如他在《茶树传统》和《瓷慎》两个故事终究分别谈到了茶和瓷器。

　　在小泉八云的故事中，女性除了是爱慕的对象，有时也是家里的主要经济来源。这与近现代中国社会期望男性作为家庭主要收入来源的情形很不相同。在这本书里，远古中国女人负责获取食物、承担大部分家务，因而被视为社会经济的顶梁柱；而男人则定期探访妻儿，在家庭中居次要位置。

　　小泉八云的叙述让我想起了童年时代曾在中国南部的一个小村庄里阅读这些故事的原型。那种阅读的感觉如此相似，似乎语言的差异都不复存在。

汤，那些文章真的是你写的？

有了"番茄"和"鬼故事"做底气，我觉得在《曼谷邮报》的日子似乎好过了一点。

有一天，在八楼的人力资源部的楼道里，不期然撞见他们的老大，Mr. Pornchai，彭差以先生。我一向对大人物敬而远之。除了来报到时果哥介绍我们认识，平常我从未跟他打过照面。但是这回是面对面碰上，我没好意思像往常一样逃走，只得硬着头皮打招呼。结果他一反前面两个多星期的面无表情，冲我和蔼地笑：汤，邮报总编帕坦阿鹏先生说你的文章写得很好。它们真的是你写的吗？

这两句话有点怪怪的。好像是表扬，可是结尾又在怀疑。我没太听明白。不过我从来就不是个会反驳的人。只是老老实实说：谢谢您，彭差以先生。那些文章是我写的。

他继续笑得温暖。卷曲的白发在这灯光暗淡的楼道里似乎会闪光。他没有再开口，我一时也不知道还该说些什么。他似乎看出我在发窘，就轻轻挥了挥手。我略略鞠躬，然后转身走了。

后来我问皮普哥，彭差以先生这是在表扬我，还是在怀疑我？他说，我也不知道。

后来我知道了。彭差以先生既不是表扬我，也不是怀疑我，他其实是在"抗议"。

后话不提。

难懂的外国人

有了与彭差以先生这段不明所以的楼道对话，我刚刚松了一点儿的弦再次绷紧，再不敢出差回来第二天就交稿，或者书还没看完就直接写书评。这样的谨慎导致我第二次写作书评时，用了几乎半年才出稿。

《误打误撞的办公室女郎》（Accidental Office Lady）讲的是一位美国女子在东京独自工作、生活的故事。她自称"美国鬼子"。这位"鬼子"同学从办公室女招待做起，一直做到行政主管助理；从最初在办公室格格不入到离开前被人将画像挂在了公司历史展览馆中，用了整整三年。她的秘诀不复杂：跟你的环境打成一片。

文章出来后，墨姐跟我说，汤，你在文中写，一个外国人要真正听懂本地人说话并不容易。这是不是在说你自己？

《曼谷邮报》原文：

泡茶还是倒咖啡？我还是做自己吧！

刚刚在东京加入本田汽车时，美国人劳拉（Laura Kriska）是个胆小、紧张的外人，为"文化休克"和办公室里保守的文化所困。她从一名培训生做起，最终成为了一名受人敬重的员工，甚至改变了保守的公司文化。

《误打误撞的办公室女郎》1998年第一次出版，最近（2011年）由作者新加了一篇自序后重新出版。这是她自己的故事。它证明了即使是在最陌生的文化环境里，人们依然有可能获得成功。

劳拉出生于俄亥俄州哥伦布市，加入本田之前，曾在美国和日本的大学里学习日语和国际研究。

加入东京的本田公司后，劳拉被要求穿上女职员的蓝色制服。人们认为她遵守规定是天经地义，没人在乎她本人的意见。在书里，劳拉回忆道："我（当时）只想从办公室逃走；但是我得留下来，假装没听见他们在讨论我的腰围。"更令她抓狂的是，她发现自己无权选择自己的公寓，也没有名片。

与后来被称作"Papa"的彭差以先生合影

制服事件只是一个开始。劳拉在本田的第一个工作任务令她很意外：当秘书，给老板们泡茶。当她认识了她的老板，茉莉（Mori）小姐之后，情形就更糟糕了。茉莉挑剔、脾气坏，总是试图控制和监视劳拉的一举一动。虽然办公室所有人都不喜欢茉莉，但没人吭声。

当劳拉试图改变公司的制服政策时，她挑战了这种"集体沉默"。她和一些日本同事将对于强制穿着制服的厌恶传达给了公司的老板们。虽然女同事们隐晦地表达了支持，公司老板们却保持沉默，以期让劳拉知难而退。

但挫败对于劳拉而言并非全无收获。在以"美国方式"为人处事一年之后，她终于明白，想要人们倾听她的意见、配合她的行动，她首先要学会协调。

她留意到了一个"秘密"：（在日本公司）协商的艺术是我无法标签化，也无法描述的。这种艺术要求人们遵照日本的文化来交流，而不仅仅是用日语。

有了这样的顿悟，劳拉试图去拥抱本地文化，而非避免或者无视。只要可能，她就会按照日本的方式跟人打招呼；她会做简洁、平实的工作汇报，而不是讲述细节；当她在公司的一台晚会上做招待时，她会照顾每一位英文母语人士，而不是只顾自己玩得高兴。

劳拉说，现在她明白在日本文化里"一致性"是什么意思了。每个公司职员，甚至每一位公民，都被认为是一个组织的一部分。"个性"既不受欢迎，也不被欣赏。只有当你作为一名合格的团队成员时，你才会被认可。她也注意到，对于大部分日本人来说，倾听，而不是讲述，才是主要的沟通策略。

在其最新的自序里，劳拉阐释了遵从当地文化的重要性："我把疏于关注本地人文化理解为'跨文化惰性'，这包括不了解当地人做事方式和不调整自己的做事方式以适应当地文化。跨文化惰性有很多表现形式，但其本质上就是不尊重当地人的价值观。"

跨文化惰性是很难避免的陷阱。但劳拉认为，与当地人打成一片的关键并不取决于你是否会说当地人的语言，而是你如何与周边的环境互动。

在她在日本的后半阶段，劳拉很努力地记录、阐释美国人在日本和日本人在美国举止合宜的要点。

在日本待了18个月以后，劳拉很开心地看到，本田公司女职员制服变成了"可选项"。而当她看到自己的画像被放在了公司的展览，以表彰她为提升不同文化背景的职员之间的理解而做的努力时，她更为自己感到骄傲。

在书的最后一章里，劳拉写道：她梦见日本成为了她的一部分。显然，她的梦是真的。

劳拉可以利用的资源不可谓不广泛。所以，她也招致一些批评。

比如：既然在加入本田之前，她就已经在东京的一所大学里做过交换生，为什么她对日本公司里的性别歧视毫无思想准备？有的时候，她的叙述过于细节化、琐碎和自我表扬。然而，这并不影响这本书对于日本公司文化的洞察。

由于劳拉深知如何与日本人交流，她回到美国后，开了一家日本商业咨询服务公司。

庙里有天籁

"赤脚大仙"

扎姐（P Jah）来找我时，我已经在《曼谷邮报》发表了五色番茄特稿和《中国鬼故事》书评。

"她们说你能写。你要不要帮我做一点宗教报道？"语气听来并没有商量的意思。

并不喜欢说话凌厉的人，可是半含着表扬的凌厉我还是勉强可以接受的。于是我答应了她"试试看"。

扎姐是《曼谷邮报》资深宗教编辑，当时56岁的她为《曼谷邮报》已经服务近30年。她早年奉行独身主义，直到37岁碰上现在的老公。39岁生下了女儿，自此"那个小麻烦"便成为她的口头禅。扎姐留着女式短发，爱穿深色泰国传统长裙，在办公室里常常赤脚盘腿，肩上搭上一条深红色的披肩，像个神气活现的"大仙"。

跟番茄项目的报道类似，我没有在会议之前拿到多少资料。扎姐说："找一个你感兴趣的人，写点有意思的东西。"

听起来似乎不太难。

伤疤不会好得那么快

世界女性佛教徒大会由世界女性佛教徒协会主办，每四年一次。2011 年，由泰国第一位小乘佛教比丘尼查苏玛申请，大会在曼谷举办，来自世界各地一千多名女性佛教徒与会。

会议在一家泰国私人寺庙里举行，距离曼谷市区有一个多小时的车程。会议地点距离扎姐的家很近，扎姐说我可以请她在城里上班的先生下班后把我送到会议场地，还建议我在三天的报道期间住在她家那栋两层独门小院里。我欣然接受了第一个建议。

到达会议现场后，第一件事先找到组委会。一位白衣光头的泰国女性教徒接待了我。她会说英文。得知我有意在三天大会期间住在附近，她问我介不介意住宿条件简陋。我说不介意。她说，那好办，白天活动结束以后，你就跟着

山洞讲学

与会的姐妹（Sisters）走就是。

我点头称谢。

没有告诉她，来之前在那间新租的公寓里，我已经被跳蚤咬得只能睡地板。床垫、被子、毯子里全是那咬人的昆虫。刚开始以为是蚊子，买了各种灭蚊片、灭蚊剂，不顶用。身上的红点越来越多，且逐渐转为黑色，又疼又痒，不堪忍受。这才反应过来自己碰上的是热带最难缠的毒跳蚤。

无计可施。只得深更半夜用电话叫醒国内熟睡的人，大哭一场，再抱着电话、和着眼泪睡去。

来泰国已经一个月，从来没主动请人做过任何事。但这次来会场之前，我给《曼谷邮报》人力资源部打了招呼，请他们出面，要求公寓灭跳蚤。看到我腿上遍布着豆大的黑色脓包，皮普哥和果哥二话不说就去了公寓。好姐妹阿达姐带我去了邮报医务室。我被诊断为跳蚤过敏。医务室的同事给我开了一堆的抗过敏药和止痒药。

"很快就会止痒。但是伤疤不会好得那么快。"

果然如她所言，吃了药痒症马上好转。但直到我一年之后离开泰国，腿上和背上的伤疤仍然清晰可见。

扎姐的先生送我去寺庙报到时，看我大热天仍然穿长裤和外套，说我很专业。其实我不过是没有办法。背上、手臂上、腿上、脚上全是脓包和血痕。如何穿得凉快？

山洞里的比丘尼

看到与会者名录时，我对两位比丘尼很感兴趣。其中一位就是上文提到的大会的组织者，比丘尼查苏玛。

在东南亚小乘佛教语境里，比丘尼意指正式受戒且得到僧侣承认的女性佛教徒。泰国比丘尼的族谱在几百年前就已经失传。女性佛教徒若要受戒，需要

前往斯里兰卡或者尼泊尔剃度。泰国佛教界男尊女卑的传统便是由此而来。但查苏玛的出现成为改变这一切的开始。查苏玛曾是一名大学教师，剃度前婚姻美满，还育有三子。受在台湾皈依大乘佛教的母亲影响，她在退休后决定剃度出家，并成为泰国第一位前往尼泊尔正式受戒的比丘尼。2011年时，她已经受戒满八年。在受戒满12年以后，也就是2015年时，按照小乘佛教传统，她将被赋予剃度他人的权利。这意味着泰国小乘佛教女性族谱届时将得以回归。

母亲去世后，查苏玛接替母亲成为泰国一家女性修道院的院长，接受泰国女性出家受戒，同时接受外籍游客短期出家修行。2011年年底，查苏玛与泰国女总理英拉一起获封为"泰国年度杰出女性"。

腾帕玛在大会现场

我很好奇，查苏玛如何能在貌似美满的俗世生活中完全脱身，在不足十年的时间里成为一位颇受敬仰的高僧。可是考虑到她在泰国早已经家喻户晓，报道她难有新意。我选择了另外一位：英国比丘尼腾帕玛（Tenzi Palmo）。

公开资料显示的她是这样的：当年 67 岁，英国公民，18 岁剃度出家，在印度修行了 24 年，其中 12 年是在一个山洞里避世修行，依靠种植马铃薯和当地人送到山洞门口的供养生存。从山洞里出来以后，她写了一本书，名字叫作 Cave in the snow，介绍她在山洞修行的心得体会。

前往意大利并在当地住了几年之后，腾帕玛回到了印度。她遵从师训，开办了一所尼姑庵，接纳了来自印度北部、尼泊尔和不丹共 73 名尼姑出家修行。在此期间她出版了第二本书，专注于向普通人宣传佛教教义。因为腾帕玛 12 年的山洞修行的经历，印度佛教界震惊于一位西方教徒的虔诚，对她从山洞出来后所著的两本书非常推崇。可以说，它们奠定了腾帕玛东南亚小乘佛教圣僧的地位。

近年来，腾帕玛主要待在意大利的一家修道院里，同时在世界各地旅行传教。

我见到腾帕玛时，她正被一群不丹教徒包围。人人都在向她行礼致敬，她只能一一微笑回应，话不多。五官清秀，眼神温和；皮肤白皙，身材适中。腾帕玛年轻的时候应该是个美女。只是，即使看起来开朗热情，她笑着的时候嘴角并不上翘。

抑制住自己要上前提问的冲动，我简单行了一个礼，退到了一旁。只是请陪同的组委会成员告诉她，《曼谷邮报》记者有意约她第二天做一个专访。她同意了。

那天余下的时间里，除非她被人带进不对媒体开放的经堂，我便一直跟着她，在距离她三米的地方。腾帕玛似乎察觉了我的来意，没有赶我走的意思。

整整一天时间，除了吃饭上厕所，她几乎一直都在接见来自世界各地的信徒。她的助手跟我一样，步步紧跟，防止有人占用腾帕玛太多的时间。腾帕玛几乎对每一位信徒都敞开怀抱，或者摸顶赐福。她不太说话，但是脸上的笑容从不缺席。人人似乎都满意自己得到圣僧亲切接见。只是，我很困惑，其他的圣僧无人打扰时便会静修打坐，闭目养神，她却一直在跟助手嘀咕。

"坐了十几个小时的飞机，我真的很累。"

助手点头。

"那些人就不能不来吗？每个人都有自己的事情。"

助手不说话。腾帕玛坐到路边的大石头上，把手当扇子扇风。

会抱怨的高僧的确出乎我的意料。

就是多一个地铺而已

晚上组委会安排了亚洲各国的文化表演。泰国舞蹈、中国古琴演奏、不知道国别的杂技表演。腾帕玛也坐在观众中间。如她所愿，没有人再来打扰。我再次看到了她疲惫的笑容，但没有听到她的抱怨。

想着第二天要采访，我没等表演结束就跟着一群尼姑去了距离会场大概十分钟脚程的住处。原来是另外一处私人寺庙。正殿就是我们的居住地。足有好几百平米的空地上，已经放满了一排排的塑料小袋。每个小袋之间相隔大概1.5米。每一位尼姑都走到其中一个袋子面前。我也有样学样，拿起了袋子：里面有一条毛巾，一条薄毯，还有一个白色的简易蚊帐。

原来这就是我们在大会期间的卧具。难怪那位组织者说住宿完全没有问题：就是多一个地铺而已嘛。

跟着大部队排队去旁边的公共澡堂冲凉（没敢对热水抱有期望，反正身上有伤疤也不能用热水，对吧？），然后在露天的一排水龙头下面洗衣服。我庆幸自己日用品都带全了。

一切忙完已经是晚上九点。我摸索着支起了简易蚊帐，没顾上时间太晚，开始给编辑打电话，说采访对象圈定了，但是没有辅助采访，因为除了几位高僧和主办方，似乎大家都不会讲英文。编辑用一贯不着急的语调告诉我，没关系，明天再说。

怎能等到明天呢？马上要采访了，我却不知道身边活生生的人们是如何评价她。这问题怎么能问到点子上？

"这位姐妹（sister），我能帮你什么吗？"一个清晰的女声从身后的蚊帐里传来。英文发音标准，表达流利。

有救了。

隔着蚊帐，我把遇到的麻烦重复了一遍。后面那位没有剃光头，是极短的头发。穿着深红色袈裟，是位正在受戒期的比丘尼（尼姑剃度后，需要正式受戒三年。期间可以后悔、还俗。三年期满才能剃发烧疤。之后不能再还俗）。从口音来看，她应该是位东南亚人士。

"腾帕玛大家都认识。没什么可担心的。你是哪里人？"

名叫尼玛的人开了头，话匣子便被打开。我自报家门后，尼玛告诉我她是马来西亚人。她身边一位总是憨憨笑着的同伴也加入了讨论：她叫山姆，来自不丹。不同于尼玛快言快语，山姆总是未语先笑，话不多，只是听着。

尼玛当时35岁，拥有工程学硕士和环境学博士头衔，彼时正在攻读佛学硕士学位。她出生于印度教家庭，却立志成为佛教徒。父母和兄弟都严格遵从印度教教义，所以尼玛在去尼泊尔接受剃度之前就已经与整个家族划清界限，至今不通往来已经三年。

说起了这段经历，尼玛语速慢了些，声音也低了。我开始有点明白为什么腾帕玛会抱怨。原来所谓的出家人其实也有烦恼。袈裟不能阻隔这世间所有的尘垢。

刚聊了一会儿，大堂就熄灯了。山姆看我把洗净的衣物平铺在蚊帐里，问我为什么不晾在外面。我没好意思说因为我的"衣服"跟她们晾着的不一样。

庙里第一夜，地板冰凉，一床薄毯既当毯子又当被盖。辗转难眠。

庙里吃饭要不要钱？

第二天醒来时，身边所有人都不见踪影。原来是去附近寺庙里上早课了。我赶紧爬起来，找到昨天那排水龙头洗漱完毕，左右肩膀各挂一个白色布袋（一个是组委会发的，另外一个是《经济观察报》十周年纪念布袋）就冲出了门。一位泰国老伯拉住了我，递给我一瓶水，一个面包，跟我比画着吃的动作。我赶紧停下来，本能地掏出了钱包。他却羞赧地低下头就走，临走前还不忘跟我打手语，提醒我注意门口的方桌。

我这才看到，桌上有馒头、面包还有牛奶。

我只得对着他走开的方向双手合十，举过鼻梁。结果他回过身给我鞠了一躬。我赶紧逃走了。

"猴子也住山洞呀，我不过住了12年而已"

与腾帕玛的采访约在下午，就在会场一处小树林里。我这个"伪记者"还不知道重要的采访一定要录音。在现场一边问问题，一边抱着一本大笔记本奋笔疾书。腾帕玛语速极快、我自恃自己在高中时代就是老师说到哪儿，我的笔记写到哪儿，再加上英文书写本就比中文要快，一场采访下来，几乎有三十页的笔记。当时觉得很骄傲。

关于记笔记还是用录音笔，墨姐曾跟我有过一次讨论。她问我，为什么不肯用录音笔。我说我更信任自己的笔记。墨姐低头不言。

是不是所有的职场新人都如此盲目固执、不可救药？

回到采访现场。腾帕玛是个健谈的人，她在现场几乎把自己的生平重新回顾了一遍。

你18岁就正式剃度，为什么会这么早就信佛？

我妈妈是虔诚的佛教徒，她很早就剃度了，我是受她影响。

成年后就没有真正经历过尘世，你觉得遗憾吗？

不。妈妈一辈子在俗世里吃苦太多，我不想跟她一样。

（我居然没有继续问她，妈妈究竟怎样吃苦。这就是执着于现场记笔记的坏处。）

你为什么会从英国来印度？

遵从师训。老师要求我在东南亚国家里找一家寺庙修行。我第一站到了印度，就留下来了。后来进了山洞，就一直没有离开。

修行的方式很多，为什么要去山洞里住12年？

与世隔绝才有真正的清净，很多古圣贤都是这样修行的。

在山洞里12年，有人说你从未睡觉？

不是不睡觉，不过一般人睡觉都是平躺着，我是坐着睡，在打坐冥想中进入睡眠状态。

山洞里不产粮食，你又一直不跟人接触，怎么活下来的？

会有信徒按时把粮食和马铃薯送到山洞门口。我还学会了伐木。这是我在山洞里最大的收获（笑）。

你在山洞里不生病？怎么锻炼身体？

生过病。生病也是一种修行，但没人喜欢生病。平常我会练瑜伽。

从洞里出来以后，为什么去意大利？

我喜欢意大利的传统文化，住在那边的修道院里很清静。

平常人很难做到在山洞里生活12年，而且你还写书、办了尼姑庵。大家说你是个圣人，你怎么看？

在山洞住有什么稀奇？猴子也住山洞呀。我不过住了12年而已。人世间大多数的烦恼不过是因为人们把自己看得太重。

……

我并不懂宗教。家里虽有奶奶信佛，也不过就是早晚一炷香，逢事问卦，菩萨生日要去庙里而已。我从未真正接触过佛教教义。采访做完，腾帕玛这个人我已经基本了解。世人因为她经历特殊，把她看得神圣。其实她不过是受家人影响，过早对这个花花世界绝望，心性也较常人坚定而已。她跟我说，在山洞修行十年，她最大的精神收获是顿悟了一点：要让人们高兴的最好办法就是把他们"高高捧起"。

这样的心得实在无须花费12年在山洞里避世修行。

来之前的几天我已经研究完了她的书籍，昨晚又看了她的演讲词。素材有了，怎样写才能扬长避短，让人看不出来其实我对佛教并不怎样了解？

我决定就采访内容写一个人物特稿。

佛是过去人

文章有底了，我悬着的一颗心终于放下。找了会场外一个湖边的小亭子，抱着我的两个大大的宝贝布袋开始睡觉。也不管周边有没有人。

昨晚地板太凉，我几乎一夜没合眼。来之前又已经被跳蚤折腾了整整一周。此刻这热带午后的凉亭便是我的天堂。

睡醒了，拿出纸笔开始写。等到腾帕玛的人生故事和性格特征都基本出来后，停笔。双肩各挂一个布袋开始满会场找人聊天。问所有我觉得可能会英文的人，她们怎么看腾帕玛、为什么她的尼姑庵里会有世界各地的尼姑、如何判定一个人为"圣僧"等等。没觉得多难开口，我这叫"不耻上问"。

晚上在会场吃完自助餐，没顾上看表演，准备回去接着写稿。那位老伯一看到我进门，又递来了一瓶水和一个小面包。

到了我的"床位"，躲在蚊帐里把笔记本上的半成稿在键盘上敲出全文。忘了说一句，泰国的三孔插座是圆孔的，需要适配器才能连接电脑电源线。这点居然是尼玛这个出家人教会我的。看来俗世中的人不一定接地气，出家人也不一定不会生活。

佛是过去人。这话果然有道理。

写完稿子，跟着一群尼姑去冲澡。回来时灵感突至：这里有吃有喝，难道没有一床多余的毯子？

厚着脸皮去找接待的尼姑。她二话没说给了我一条。

这一夜，终于安枕。

无稿一身轻。我睡到自然醒。早起洗漱的时候，站在那一排简陋的水龙头前，突闻有天籁。那是英文的佛经。反反复复播放的是同一个曲调。我这才想起抬头看看这家私人寺庙，原来大树参天，鸟语花香。阳光从树缝里透过来，居然是热带天气里难得的温暖而不灼热。

一时间忘了自己还在洗脸。站在院子里把这首曲子一直听到烂熟才回去吃早点。当时的我没有料到，正是这样一首第一次听闻就在脑海中挥之不去的曲子帮助我在泰国度过了最艰难的时光。人生的因果，原来可以这样淡然无痕。

热带午后的凉亭是我写作的天堂

她至今也没有来过

当我再次晃荡着我的"双肩袋"出现在会场时，碰上刚刚结束主题演讲的尼玛。她的神色严峻。一看到我，就急切地问，你听到我的演讲了吗？你听到了吗？她们为什么那么说我？

尼玛的演讲词我早已经看过。身为环境学博士的她试图用佛教的教义来引导人们爱护动物、减少杀戮。作为东南亚地区少见的博士尼姑，尼玛措辞严谨、论证严密，但语调过于绝对，要求人们把是否爱护动物作为是否是一名合格出家人的提议更是失之单纯。她在会场被人提问和质疑，我都可以理解。但我没有想到她会如此介意别人的评价。不停摇着我的手，仿佛这样就会有答案。

我突然想起她为了信仰佛教，至今与家人不通往来。原来，宗教真的不能改变一个人的心性。不过是教人学会与自己和谐共处而已。

我如实说道，你的意见是对的，提议也不能说是有错。但是别人不是你，有不同想法很正常。

尼玛没有被说服，径自走了，脸上仍然满是愤懑之色。一边的山姆微笑着跟她一起离开。

后来我私下问山姆，是不是我的回答令尼玛很失望，我的本意是希望她能感觉好点。山姆笑笑说，没关系。不要多想。

我突然意识到，本质上我跟尼玛一样，都是在乎别人想法的人。不过她性格比我激烈而已。

下午仍旧准备去凉亭里睡觉。心想这个地方有吃有喝，又没有跳蚤，每天打地铺也实在比公寓好太多。能住多久就住多久吧。出家人也不会来赶我。更何况我还约了查苏玛去看她和她妈妈创办的修道院。

我为自己的厚脸皮找好了理由，可是却没能用上。睡梦中接到墨姐电话，问我要护照号码。两天后我就要飞去泰国南部一个海岛出差。

赶紧爬起来把稿子最后修改一遍，再发给编辑。晚饭后去寺庙的纪念品店买下了文化衫、玛瑙手链、植物香皂等一堆东西。想着自己没找组委会捐款，这点小钱就当是在这里白吃白住、打扰三天的补偿吧。

第二天一早，扎姐来接我。尼玛和山姆帮我提行李，送我出寺庙。一人给我一只小书签，上面有佛祖的画像。我精心收好，留下了在曼谷的名片。想着一年的时间，总还有机会联系。

后来尼玛还给我发过邮件，问我像她这样穿着僧袍的比丘尼，走在中国大街上，会不会被抓起来。我赶紧说，说中国大街上也有和尚尼姑，没有人被抓起来。

但她至今也没有来过。

海岛上的局外人

到达海岛时，暴雨不期而遇

果岛（Khao Island）位于泰国南部，是一个小岛，距离陆地最近的省也有一个多小时的舟船距离。果岛没有机场，我们先从曼谷坐飞机到它附近的春蓬府，再坐船上岛。

这架飞机很小，上面只有18个座位。

陆地机场距离海边有三个多小时的车程。再加上坐船和坐飞机，我们一行人在路上花费了将近八个小时。我在车上已经"翻江倒海"，上了船后除了晕船，什么也干不了了。

抵达海岛时，我几近虚脱。天公作美，刚刚上岸便是一场暴雨劈头盖面浇下来。我终于神志清醒，发现自己全身还有行李全部湿透。

果岛的海岸线很美，配上海边山上的白色别墅，堪称风景如画。只是我们一行人却是这画卷里最大的败笔。真正是唐突美景。

坐班车去酒店，办完住宿手续直接去洗澡。我在背包里找了很久，才摸到一件还算干爽的衣服：是条新买的连衣裙。出差前我以为不会有机会穿，可是还是鬼使神差地把它塞进了背包最里面。看自己洗完澡后仍然容颜枯槁，想着

这架飞机只有18个座位

破罐子破摔算了，什么也不抹就出门觅食。

反正今天没有采访，这岛上也不会有多少观众。

吃饭的地方在酒店外面的海滩上。泰国人天性爱玩，即使路途劳顿之后仍然热衷于拍照。我被拉进这风景，只得假装巧笑嫣然。结果一位天才人士巧妙避开了我腿上浓墨重彩的跳蚤咬痕，把脸有菜色的病号拍成了海边的裙装美女。

总有奇迹发生。这便是旅行的好处。

公关不靠谱

果岛是一个以潜水著名的旅游景点，潜水客带来的收入是当地居民主要收入来源。但是近年来有太多游客前往果岛潜水，导致其浅海海域的天然珊瑚遭到破坏。珊瑚白化成为果岛最为严重的环保难题。不能驱赶游客，还得保护环境，于是就有了我需要报道的这个项目：军舰潜水项目。

这艘军舰是美国海军赠送给泰国的退役军舰。在二战期间曾经帮助泰国

人抵御过日本军队。在这个项目里，经营这个项目的是一家美国公司，租期为50年。

我很想亲眼下海去看看人造的海底潜水馆是如何运作，公关说"会有机会"。这个项目还需要采访当地官员、在果岛经营自然潜水业务的泰国公司、珊瑚白化方面的专家和潜水者。我不懂泰语，于是将我需要采访的人报给了公关。对方没有立即回应。我以为这不过是因为泰国人做事速度一贯偏慢。

当天晚上似乎赶上了当地的节日。海边的晚宴结束后便是锣鼓升天的歌舞表演。我问英文极其有限的公关，为什么一个新闻采访活动会有歌舞表演。长串的回答里，只有"Festival"（节日）一个词是清晰的。我没有坚持看完，中途回了酒店。外面的噪音一直持续到深夜。

果岛出差的神来之笔

第二天清早，我们被安排去参加当地一个宗教活动。期间果岛的最高行政长官发表了演讲，无人充当翻译。同行的泰国电视台记者已经完成了对官员的采访录像，我这儿还什么都没有。我开始意识到，这一次报道恐怕会非常困难。

希望寄托在那位号称昨晚就应该抵达的美国老板身上。我一直催促着公关，她却一直叫我不要着急。行程单上写着我们下午的航班回曼谷，我怎能不急？

到中午的时候，我已经知道美国老板其实并没有来到岛上。公关把我们带上了一艘快艇去参观那艘名为1942的军舰。快艇航行了半个小时，终于看到那艘军舰时，我在想我们该如何从小小的快艇登上那艘看来无比庞大的军舰。可是，快艇经过军舰时，居然没有停！

　　回来之后，我对采访已经不抱希望。下午四点离岛时，暴雨再一次不期而至。公关们在聊天，我抱着背包坐在棚子里发呆。等我反应过来时，他们已经不见踪影。不用猜，一定是大雨过后，大家只顾着急上船，忘了还有我这个语言不通的记者。

　　果不其然。当我跟在人群后面上了船，他们见到我时，才想起来我被一个人留在了岸上。

我是局外人

　　从果岛回来后，我把情况说给了墨姐。她说，你不用写稿了。

　　这是第一次，也是唯一一次，在《曼谷邮报》，我没能顺利交稿。

　　其实，即使是对于一名成熟的记者而言，参加完媒体活动，但是无法顺利出稿的事情实在常见。可当时的我却有很强的挫败感：除了语言障碍和公关安排失当之外，难道我就没有过错吗？

　　提交采访提纲时，我列出了针对不同对象的四个问题单子。公关当时说"在安排"的时候，我为什么不多问一句到底会不会安排，安排了谁？如果没有得到肯定回答，我是否还应该跟着他们去？

　　回国后转作财经记者，这样的问题似乎不需要回答。没有语言障碍，在多数情况下即使没有采访的媒体活动也可以拿到一些信息。这回用不上，下回还可以用。可是在泰国，于我而言，没有英文采访就意味着我什么信息也拿不到。我第一次知道，其实在这个泰语国家，我不过是个局外人。这样的失落，在我之后的记者生涯中还将遇到。

家务与出家

泰国家庭，谁做家务？

从果岛回来后，我安静了一些日子。《曼谷邮报》似乎有心让交稿过于积极的我放慢速度。每次做完一个报道之后要等很久才会有下一个。我也乐得享受这样久违的散漫。天天在办公室不务正业，到处找人聊天。每到中午必然会到人力资源部报到，老远就喊着"Lunch time!"。皮普哥说我把人力资源部都快吵翻了。那也没有办法，我总不能在编辑部这么大喊大叫吧。那只好来闹脾气好得不行的果哥和阿达姐。

但是，闹归闹，一到编辑部办公大楼，立马就开始夹着尾巴做人。绝对坐有坐相，站有站相。不多话，不吵人，老老实实码字。只有当倪姐、扎姐、周姐和墨姐来找我聊天的时候，我才会开"金口"。

那天跟倪姐和周姐聊，说到了我在培训期间观察到的泰国男女地位不平等的现象。我说，没有想到，在泰国农村，迄今仍是女孩做几乎所有的家务。

倪姐很惊讶：汤，难道你们中国不是这样吗？

我不能说不是。可是，至少我观察到的中国农村，由于计划生育和男女比例失调，女孩子跟男孩子一样受宠爱。周姐一向是个"见缝插针"的主儿——

她从来不会放过任何一个可能的选题。于是，我就有了我在《曼谷邮报》第一篇评论：两个国家对待女性的不同态度。

两个国家对待女性的不同态度

女性角色在任何文化体里都不是什么新鲜的话题。但若说到女性角色带来的"文化休克"，情形便会有些不同。

作为参与国际媒体交换项目的一名外国人，我在曼谷近郊的一户农民家里住了两天，从而得以近距离观察泰国农村女性。她们如何做家务？她们在家庭和农村社会的地位如何？她们如何处理婚恋问题？虽然两天的观察并不足以让我对泰国农村女性和中国农村女性做一个全面的对比，但它的确让我察觉到了一些不同。

令我感到震惊的第一件事是，在泰国农村家庭，女性承担几乎所有的家务，而且看起来她们在父亲或者丈夫面前也毫无发言权。我所住的农户家包含一对中年夫妇和一双成年儿女。这对夫妇极少同时出现。因为丈夫整天都在自家的杂货铺闲聊，妻子却一直忙于家务：做饭、洗衣、清扫等等。他们的一双儿女也是如此。在我待的两天里，哥哥一直不见人影，直到走前的那个晚上，才终于带着一个年轻女孩一起出现。自从回来后，他什么也不做，整夜都待在房里听流行歌曲，声音震耳欲聋。而他的妹妹却一直在帮妈妈做饭、洗衣等。除了在家里承担大多数家务，我也留意到，在村里的集市上，大部分小贩都是女人，男人只是少数。

这与我在中国观察到的情形有很大不同。尽管有着数千年的男权传统，但女性农民在家庭里的地位却是在不断上升。其中一个指标就是，男性家庭成员不仅需要在财政上挑起大梁，还需要适当地

做家务。

　　我个人将中国女性社会地位提升归功于计划生育政策。因为大部分女性都是家里唯一的孩子，所以她们从小就被照料得很好，甚至被宠溺长大，即使她们的父母并不一定经济宽裕。在这样的情况下，当她们长大成人，丈夫们想要凌驾于她们之上，就不那么容易了。

　　中国长期以来的重男轻女的传统也是根源之一。由于女性胎儿较男性胎儿更可能被堕胎，中国的男女性别不平衡正变得更加严重。

　　位于北京的经济类周报《经济观察报》最近在其网站上发布了国家统计局公布的一组数据。其中提到，在0到19岁年龄段，中国男性比女性多出两千三百万；未来十年，每年适婚男性的数目都会比适婚女性多出120万。这意味着，男性成家的困难度会上升，而女性社会地位上升的可能性加大。

　　除了家庭地位，中泰女性对于婚恋的态度也有所不同。我注意到，我的主家女儿和她的朋友，今年（2011）都是30岁，单身。她们跟我说，她们没有任何男性朋友，而她们看起来十分享受彼此的陪伴，对于自己未婚的状态也并不烦恼。

　　这种情形与我在中国，尤其是农村地区的观察恰恰相反。很多女性超出28岁还未结婚就会被视为异类，家人、朋友乃至整个社会都会给予压力，要她们"认真考虑结婚的事儿"。

　　某些年轻的中国女性，不管她们是无业人士、农民工还是白领都对自身的处境敏感，也会与不同的男人约会，期望快速解决婚姻问题。

　　多人会将这种不同归结于"个人性格"，但我更倾向于把它归结为中泰文化的不同。泰国人生来随和、能忍耐，人与人之间总有适当的距离，因此社会环境也更为宽容。中国人，尤其是农村地区，把人与人之间的联结视为最重要的社交，对于周边的舆论会更加敏感，自然也更容易被烦扰和受到压力。

这篇评论发表以后，生活部的评论版编辑英姐（P Ying）给我提了个要求：每个月至少一篇评论，字数自定，选题自拟，随时交稿。

条件如此宽松，我不好意思说不。

出家难，难于上青天

好在我一直在有意观察这个光怪陆离的佛教国家。

在曼谷近郊报道世界女性佛教徒大会期间，除了跟踪腾帕玛、跟马来西亚比丘尼尼玛聊天、睡地铺，我还在一个炎热的午后邂逅了一名中国辽宁去的尼姑。她就是泰国印象系列之《三个尼姑的故事》中的小敏：

跟尼玛为出家而与家族闹翻的境遇相比，来自中国辽宁、今年30岁的小敏（化名）要幸运很多。父母都是虔诚佛教徒，父亲在其决心出家之前就已经为她准备好了尼姑袍。但是小敏也有自己的烦恼。在她来泰国之前，国内所有人似乎都不理解她，猜测她是不是生理或者心里有毛病，不然为什么年纪轻轻要出家？不仅如此，小敏还苦于找不到合适的修行师傅。她跑遍了五台山、衡山等佛教圣地，却发现好师傅见不到，见到的都不好。无奈之下，她来到了泰国。目前便在这次大会的举办地，曼谷市郊一所私人寺庙修行。

小敏身材高大，皮肤白皙，五官端正。尽管头发剃掉了，仍是个标准的东北美女。

临走的时候，她很困惑地问我："为什么在中国，出家这么难呢？"

没想到，听我说完小敏的故事，扎姐和倪姐会有同问。她们说，在泰国，因为女性比丘尼的族谱早已经失传，所以女性佛教徒会受到歧视。但是女性想

出家修行还是可以的。没有人会因此遭受非议，也不会找不到好师傅。为什么在中国会那么难？

这个问题似乎不太难回答。中国内地主要是大乘佛教，规矩严苛，一入空门就是一辈子，不像泰国的小乘佛教传统，普通人也可以随意进出佛门（虽然正式出家的比丘尼也会要求不能返回世俗生活）。所以，在中国，一有人说要出家，当事人往往万念俱灰，旁人则要一再跟他确认：你的确是真的要出家？我想起从小到大，朋友亲戚、邻里街坊聊到出家人都是一脸的不屑和不解，似乎出家就是失败者。长大后进入社会，更被教导要成功，要有钱。显然，出家与中国社会目前这种普遍的追求成功、崇拜商业和金钱的理想背道而驰。

出家不易。扎姐叹气说，中国人真可怜。可是我并不这么认为。在两个文化体中，你可以选择更喜欢其中一个，但你不能说其中一个比另外一个好。中国人追求成功，推崇积极进取的人生态度，所以这个国家才会在30年的时间内从一个贫弱国家转变为世界第二大经济体。"中国货"才能走遍世界。（不管别人如何看待"Made in China"，至少在培训班那个小联合国里，它很受欢迎。因

《曼谷邮报》室外餐厅留影

为便宜，而且实用。）但这是不是意味着中国人会比那些有纯粹宗教信仰的国家的人民更难体会幸福？

泰国人的情形则相反。他们有信仰，却缺乏进取的国民精神，所以经济发展长期停滞不前，穷人的生活境况也一直得不到改善。这才有了号称代表普通大众利益的"红衫派"领袖英拉当选总理。

我把我的理解告诉了扎姐，于是我就有了第二篇评论：信仰的实用主义态度。

为什么年轻中国女性这么难出家？

这个问题是我在曼谷近郊报道第12届世界女性佛教徒大会时，一位年仅30岁的中国女尼问我的。我觉得她问错了。正确的问题应该是：为什么中国明明有很长的比丘和比丘尼（正式出家的男性和女性僧侣）族谱，年轻的中国人想要在寺庙里追求自己的灵性生活，却如此困难？

这个问题，我一直没有想到答案。直到两周前，我参加了一位泰国男孩的剃度仪式，才有了一些线索。他当时即将出家3个月。

对于泰国人来说，剃度仪式可谓司空见惯。但对我这个中国人来说却是眼界大开。它带给男孩家人、亲朋，尤其是他父母的那种满满的快乐和自豪，令我印象深刻。仪式上庄严的音乐、欢快的舞蹈、精美的礼物也都在告诉我，这位年轻僧侣和他的家人内心有多么快活。

这样的场景绝不可能发生在今天的中国。在这里，职业的雄心、商场的成功，才是年轻人的首要目标，而不是灵性的追求。尽管佛教传统源远流长，但中国的佛教徒大部分都是世俗弟子。僧侣和女尼既不常见，也不受人尊重。不仅仅是佛教，其他的宗教也是类似的情形。

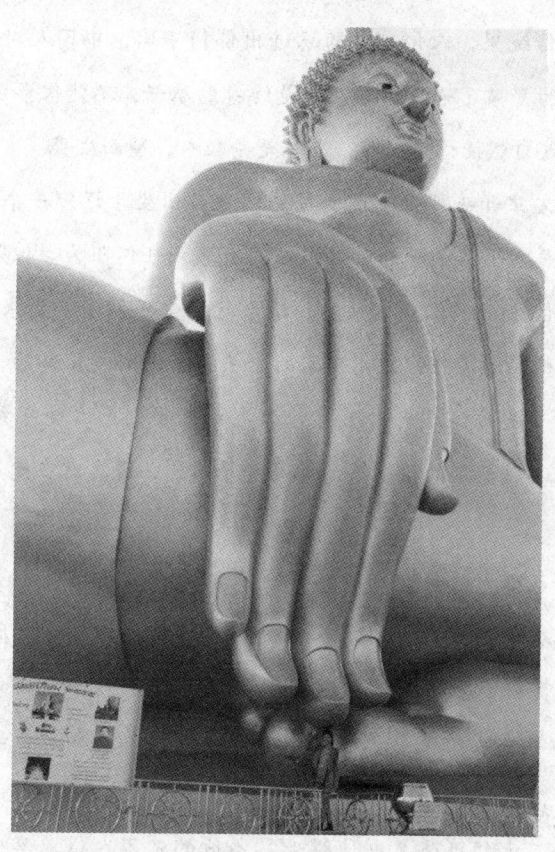

泰国有世上最大的坐佛：能看到我吗？

在我的社区，就有两位虔诚的宗教徒，一位是佛教弟子，另外一位是基督信徒。但她们是在家修行，定期去寺庙和教堂。

对于中国这样一个幅员辽阔、文化多元的国家来说，以上的描述看起来过于概化。但我确信，在中国，一般情况下，如果年轻人决定出家为僧为尼，家人肯定会如大难临头。邻居亲友不仅没有祝福，反而会大肆议论。

其中的缘由，除了中国社会近年来愈演愈烈的商业热情外，中国人重子嗣的传统也是原因之一。此外，中国佛教是大乘佛教。与泰国小乘佛教传统里，人们可以随意进出佛门不同，中国人对待"出家"的态度更为严肃；一旦出家，就是终身的承诺，不能像泰国人一样随时还俗。这自然使得中国人，尤其是年轻人，望而生畏。

回到文章开头那位中国女尼的问题。出生于辽宁一个佛教家庭，当她还是一名世俗弟子的时候，并没有遇到任何阻力。但是，当她决定放弃世俗生活、正式出家时，情形就完全不同了。生来端庄美丽，又有一份稳定的工作，她想出家的念头被亲朋好友得知后，人人都在猜测她是不是身体或者心里有什么毛病；否则怎么会年纪轻轻要出家？！在不胜其烦的情况下，她离开了中国，现在就在曼谷近郊的寺庙修行。

虽然我很同情这位同胞，但是我认为，文化信仰和实践并没有绝对的道德标准。你可以说在两个文化体里，你个人更欣赏其中一个，但你不能说，其中一个比另外一个好。任何一个文化体，不管它事关世俗生活还是灵性追求，都有各自的长处和短板。中国人对于改进世俗生活的热情和努力不仅使得这个国家在短短30年便跻身于世界第二大经济体，也使得世界各地的贫困人得以享受更多物美价廉的产品。不尽如人意的一面是，这样一个雄心勃勃的经济体很难让它的人民拥有平和的心境。而在泰国，佛教的存在使得人民的性格大都友好、宽容，但这种随遇而安的性格也使得这个国家难以从经济衰退中走出来。

对于任何一个国家和文化体来说，如何让人们在关注世俗生活和享受灵性世界之间保持平衡才是真正的挑战。人的一生，时间和能量都是有限的。如果我们把更多注意力投向生活的一面，给予另一面的注意力便会相应减少。

另外一个问题是，文化信仰一旦形成便很难更改。你不能期望泰国人会改变对于生活和信仰的态度，也不能指望中国人减少对于工作和家庭的热忱。我相信，会有一些人能够把握物质生活与灵性追求的平衡，但对于一个国家来说，要同时兼顾两者，就不容易了。

盲童摄影师

> 善心是失聪的人们可以听见、失明的人们可以看见的语言。
>
> ——马克·吐温

见识过了五颜六色的番茄和住在山洞里的老尼姑，我以为自己对奇奇怪怪的选题已经具有免疫力。可是这回周姐要我去报道"盲童摄影师"（Sightless Photographer）。

真的假的？

即使蒙上双眼，我依然能看见这个世界

时间是八月底。那个周末，我随"佳能泰国"从曼谷驱车一个小时到达位于芭提雅的一所盲童学校。这所学校的学生便是"盲童摄影师"项目的参与者。"芭提雅"的大名我早已熟知。虽然对人妖不好奇，可是想到自己来此居然跟传说中妖娆的"她们"半毛钱的关系都没有时，我还是很意外。

简短的捐赠仪式后，我便随着当地志愿者组织——Pict4all（意指：picture for all），一起观摩盲童是如何学会摄影的。

麦依（音译）站在我跟前，伸出手指感受我的方位和高度，然后退后三步，把相机举到眼前跟我的脸部平行的位置，按下快门。十分钟后，相片被打印出来。人物位置居中，表情生动，阳光从侧面而入，给人物脸上打上了柔和自然的光。

这是一张难得的好照片。

麦依，十七岁，来自泰国北部农村，生来双目失明，在盲童学校待了十一年。虽然是第一次接触相机，可是仅仅接受了志愿者二十来分钟的指导，他已经可以熟练地拍摄人物和风景照片。

我很好奇，天生失明的人是如何知道选择摄影角度的。找到 Pic4all 的主管拿帕都（音译），对方没等我张口，先把我的眼睛用一条白布蒙了起来。然后他告诉我，他在一个陌生的环境里蒙上自己的双眼生活了两天，从而学会了如何通过身体各个部位的受温情况来判定阳光的方向。如果前面热、后面凉，说明阳光是从正前方照射过来的。反之亦然。

但是，非常不幸，被蒙上双眼的我只觉得世界一片黑暗，哪里都没有阳光。

看我一直痛苦地茫然四顾，拿帕都笑着拆除了我眼睛上的白布。他说，他还学会了运用声音、甚至气味来判定自己的方位。他将自己学到的在黑暗中摄影的技巧编辑成手册，并教会了他的 35 名志愿队员。因为盲童们对于光线和温度的感知能力远在正常人之上。所以这些理论在他们身上一用即灵。

然而，尽管拿帕都的团队有了成熟的盲童摄影培训方案，但是大多数盲童学校却无法提供足够的相机供孩子们学习。

我们访问的这所盲童学校便是其中一例。这所学校 1987 年由泰国诗琳通公主捐资建成。学校里 140 名孩子的学费全部由泰国政府负担，但是他们的食品、衣物还有桌椅等教学设施却只能依靠自筹。学校接受社会各界的捐赠，毕业的孩子们也会知恩图报来学校当老师或者捐款捐物，但是都只能满足孩子们的日常所需。学摄影是万万供不起了。

我相信校长的介绍是真的。这是一个以说谎为耻的国度，更何况在几次出差的路途中，我所见到的泰国穷人家的孩子不在少数。这所学校的学生处境或许更为艰难：他们几乎全是一出生即成为"弃儿"。这也是为什么，虽然我并不相信这是一个百分之百的慈善活动，可是站在捐赠现场，看到孩子们摸到相机时脸上的笑容，我却无法开口质疑。

只要向善即可，为何要求人们一定要纯粹？

扶住当年的自己

然而，有了好的捐助模式，"盲童摄影计划"却仍然是奢侈品：拿帕都的团队只有 35 个人，而且不是每个人都能及时参加这样的志愿活动，而每个盲童都最好有两名志愿教师。

志愿团队的愁绪入不了这些天真孩子的眼睛。他们在培训现场都很兴奋，学得很投入。

"我一直希望自己有一天能给家人拍相片，这个梦想终于实现了。"小小的麦依看不见这个世界，可是他拿着相机时的笑容却好似拥有了一切。相片打印出来以后，他还认真地在背面用盲文写下了自己和记者的名字以及拍照的日期。

这是我此生收到过的最珍贵的礼物之一。

一个名叫金格的小女孩学会拍照后，在志愿者的陪伴下第一时间摸着楼梯走下培训教室，在学校旁边的马路上拍下了一张公用电话的照片。

"我的弟弟妹妹都没有看过公用电话，我想把照片寄给他们。"

我站在金格对面，想起自己多年前离家求学时，还没有手机。每个周末必有一个小时是抱着学校里的公用电话度过。恰巧，那个电话亭也是如金格照片里的一样，是橘黄色，在阳光照射下有温暖的闪光。

"爸爸妈妈看到相片，也能知道我的学校是什么样子了。"

我知道记者该做一名客观的记录者。可听到这话时，仍然没能忍住与志愿者一起上前,扶着阳光下汗光闪闪的金格。恰如扶着当年的自己。

"善心是失聪的人们可以听见、失明的人们可以看见的语言。"马克·吐温这句话在耳边响起。我突然明白了为什么《曼谷邮报》愿意给佳能泰国这样一个版面。

然而,得到关爱的孩子们毕竟只是少数。在这个佛陀的国度里,仍有96%以上的盲人没有接受教育的机会。我把这一点写入了给《曼谷邮报》的特稿。

周姐问我,为什么我的文章里总是在欢欣背后带一点悲伤。

我说,那才是这个世界真实的底色。

盲童摄影师作品

弹着吉他养大象

他知道 97 头大象的名字，还有族谱

39 岁，相貌堂堂，未婚，笑容灿烂，热爱吉他。

看第一眼的时候，这个名叫阿龙的男人似乎跟别的泰国单身汉没什么两样。我开始怀疑扎姐派我从曼谷坐车三个小时到这个山谷里来的意义。

可是当他跟他圈养的十一头大象在一起的时候，我发现了一个不同寻常的他：他会喂大象吃新鲜的草料，趴在大象耳边跟它说悄悄话，还会给大象弹吉他。再跟他待长一点儿时间，阿龙便开始跟我详细描述在泰国国家公园圈养的 97 头大象，它们的名字，还有族谱。

"一共有 24 个大象家庭，还有 21 头单身汉。"他说，那些"单身汉"跟他一样"可怜"。同行的人都笑了：在民风自由的泰国，单身汉还真不一定就可怜。

阿龙对大象的热爱源自于母亲。母亲一生挚爱大象，为泰国野象日益严峻的生存环境忧心忡忡。出于孝顺，也因为对大象的钟爱，阿龙在 17 年前大学毕业后就开始研究和参与保护野象。他说他爱野象，希望它们过得好。

然而，泰国野象的生存状况却没能让他安心从事研究。近半个世纪以来，因为象牙珍贵，野象被大量猎杀；因为大象强壮能干，人们驯化大象以供奴

役；环境的恶化也使得野象的生存空间逐渐缩小，大象的数量也急剧减少。

我在泰国前后一年，多次行走于泰国的山野，鲜见大象的身影。它们多在皇家饲养园里或者动物园的栅栏背后。在这个被誉为骑在象背上的国家，再难看到野象成群的场景。反倒是各式各样的象牙制品，在曼谷各大商场都不难买到。

野象严峻的生存状态促使阿龙从一个间接的野象保护志愿者变成一个直接参与者。在父母和朋友的帮助下，他于七年前成立了泰国大象研究保护基金，又于三年前在志愿者捐赠的土地上办起了大象养护园，收养被人类遗弃的大象和在自然界发现的濒危野象。

"它叫帕提，还只有35岁（一般情况下大象的寿命与人类相同，70岁为其平均年龄）。"阿龙指着一群盲童围着的一头野象，轻声地介绍。阿龙是三年前发现帕提的。那时候它因为过度劳役和罹患血液病，已经奄奄一息。

现在，在阿龙和养护园其他员工的精心护理下，帕提已经恢复健康，还被驯化得格外乖巧。

在这个养护园里，性情温顺的帕提的主要任务就是陪着不时前来参观的孩子游戏，帮助他们认识野象群体。今天，它要照顾的便是一群来自曼谷的盲童。这些孩子或先天失明，或后天因病失明，他们都在老师和志愿者的帮助下兴致勃勃地用手指和脸庞感受大象。

"它的尾巴很长，皮肤很粗糙。"一个十来岁的小男孩很兴奋地告诉身边的志愿者，虽然他摸到的其实是长长的象鼻子。

邀请孩子们来观摩，甚至领着大象走入校园是阿龙提高国民爱护大象意识的举措之一。此外，他还与泰国其他野象保护组织合作，发起募捐，为大象建立草料园；他的团队也致力于整理野象数据，为有志于从事野象研究的人们提供支持。

我拿来了阿龙为盲童们准备的野象认知课程表。内容很丰富，一共有14门课程，涉及野象历史、生理、居住环境，还有宗教故事。事实上，在我们访问的当天，阿龙就邀请了附近寺庙的一位僧侣给孩子们讲述野象相关的佛教故事。

有大象，没有女朋友

我问阿龙，你这样成天跟一群大象混在一起，怎么找女朋友？

"这就是为什么我至今仍是光棍一条。"阿龙满不在乎嘻嘻一笑。眼看着课程即将结束，他从我身边跑开，从树后拿起早已经准备好的吉他，走入孩子们中间，开始自弹自唱。他身后的志愿者乐队也配合他开始即兴演奏。

坐在草地上的孩子们大都低着头。对于生来眼盲的他们来说，那或许是最自然不过的动作。可是，当阿龙的歌声响起，孩子们慢慢开始抬起头，跟着阿龙轻轻哼唱。

天空下起了小雨，可是阿龙的表演没有停下来。当雨势逐渐加大，阿龙领着孩子们跑到附近一个大草棚下，继续给孩子们唱歌，弹吉他。象童们把大象也牵了进来。

当大雨变成了泰国特色的暴雨时，草棚开始漏水。所有人的脸上、身上变得湿润。但是这场临时演奏却变得更加投入，孩子们开始大声歌唱，阿龙的吉他几乎被这充满童真的歌声淹没。我放弃了撑伞，双手打着节拍，任雨水从额头、脖颈流下。

这场大雨持续了至少半个小时。等到雨势渐停，我们起身告别时，我才发现自己已经是落汤鸡了。阿龙也是如此。

看我淋得狼狈，阿龙颇感抱歉：孩子们难得来一次，我不想因为一场雨破坏孩子们对野象养护园的印象。"野象的未来还要靠这些孩子们。得让他们从小就知道野象是人类的朋友。"阿龙说。

我问他，你怎么养活这群大象还有象童？之前我已经知道阿龙没有工作，他的大象也从不接受商业演出。

这边是那头叫作帕提的大象

他仍然是微微一笑：其实他们（象童）很难领到薪水。

那我们中午吃的饭菜是哪里来的？

村民捐的。我哪里有钱请你们吃饭？

这期报道我只用了两天写稿。可是扎姐却迟迟不让它上版。我问她为什么。她说，我想给它一个特大的版面。我不明所以。

当报道终于刊登出来了时，我发现它是生活方式版头条，而且占据了整整两个版面。

泰国风水师

前一天睡得迟,所以那天我罕见地晚到。虽然报社没有要求记者坐班,但我是个只要不出差就会天天按时出现在办公室的人。猛一"迟到",居然心有愧疚。

越害怕什么就越发生什么。刚到四楼大办公室,还没坐定,迎面碰上我的老板倪姐。她几乎是笑容可掬:"汤,你来得正好,下午两点皇后会议中心有个讲风水的活动。你去看看吧。"

也没顾上坐下,拿了包就往外冲。已经快一点半了,再要拖延肯定迟到。

女性,脚踩高跟鞋,妆容精致

女性,脚踩高跟鞋,妆容精致,手腕上至少戴了七八个玉镯和佛珠手链。

乍一见她,我以为自己走错了地方。这样的装扮,怎么可能是风水师?但是她还真是。

这位名叫尼雅(音译)的"大师"出生于新加坡,婚后随泰国夫君定居曼谷,至今已经35年。她名下有风水杂志;在《今日曼谷》——曼谷最有名的泰文报纸,开设风水专栏;还在电台主持一档风水节目。

采访当天正赶上尼雅的风水讲座。讲座的组织者是《曼谷邮报》,而听众则

囊括了男女老少，其中以年轻女性居多。还有几名老外也听得津津有味，也许是因为她的讲座是用英文和泰文双语。

尼雅在讲座中告诉人们把出生年份的最后两位数字相加，直到个位数，这个数字加以运算便是本人的命运数字，也就是命卦，决定了其一生的幸运方位和颜色。比如，某人出生于1984年，八加四等于十二，一和二相加等于三。如果是男性，就用十减去三得到命运数字七；如果是女性，就用五加上三，得到命运数字八。命卦为八的女性应该住在向西的方位；其幸运色为银色、金色和白色。

听起来是不是不太像风水？

可是这样的课程可是尼雅花费巨资，在世界各地遍访名师学来的。我满脸的不相信，尼雅却不以为意。

当然，也有中国传统风水的居所方位需阴阳协调等内容：属虎的人应该住在东北方向，属兔的人们应该住东边；龙年和蛇年出生的幸运方位是东南方。

听众和学生都尊称尼雅为"风水大师"。我想这恐怕是个误会。在她办的风水杂志里，有标出各个方位的八卦图，有风水讲座信息，但是也有她的珠宝店照片和她举办风水讲座时场场满座的照片。尼雅甚至还是一名家具商人。她在河北廊坊、广东东莞等地都有家具厂。在她的风水杂志里，自然也就少不了按照她的风水理论摆出来的家具组装样板。

如果我自己不发财，怎么能帮助别人发财？

我问尼雅，你如何看待自己。她说，我只是个生意人。

听到这里，我终于觉得跟她有了共同语言——在东南亚国家里，人们相信真正的风水师和命理师是不能为自己谋私利的，否则就会不灵。

问她这样将生意和风水结合，会不会让人怀疑她的意图。她说，所有人来听讲座的人都是带着问题来的。如果我不能解决他们的问题，没人会付钱；如果我自己不发财，怎么能帮助别人发财？

的确。在讲座结束后，便有不少听众围着她请教风水问题。有来自芭提雅的老人邀请她去家里帮忙看风水。尼雅团队开出的价格是三万泰铢，不含旅行住宿费用；另有一位皮肤黝黑的非洲女士在咨询良久之后，决定参加尼雅的下一场培训。

我特别留意了一下，尼雅报价时坦坦荡荡。的确是生意人的作风。

我随机问了几个来听讲座的人，为什么会相信尼雅的理论。"她的理论管用"是老熟客的理由，而更多的人则提到，除了风水大师和生意人的名号，尼

《曼谷邮报》文章：让风水师佑护你

雅还是一位虔诚的藏传佛教徒。她在曼谷佛教遗迹博物馆供奉僧侣，还每年前往尼泊尔资助当地的尼姑庵。

"只有天地人合一，人生才会有真正的成功。天代表命运，人代表自身，风水代表地，各自只占三分之一。"她说。问她，她的人生哲学是什么。"只有为人善良，做事勤奋，风水才会起作用。否则，光有风水，也不会有好运的。"尼雅淡淡地说。

我正在为终于听到了一名风水师该有的言论而欣喜。她却突然又变了：

"在曼谷，有任何事，给我打电话。我有很多朋友。"她特别强调最后一句。

未婚妈妈别哭泣

寺庙停尸房里的胎儿尸体

刚刚做完盲童摄影师的报道，倪姐就来找我，说一个名叫 Plan International（国际计划）的慈善组织有意邀请报社做一个关于未婚妈妈的项目。我答应了。

这个项目名叫"由我做主"（Up to Me）。它的主要内容是为青少年提供性教育，内容包括未婚先孕案例解析、如何对伴侣说不和怎样使用避孕套。

出差之前先做功课，这已经逐渐成为我的习惯。"由我做主"这个项目是从2011年开始做的。我留意到2010年有两则跟泰国未婚妈妈有关的新闻。

第一则是，2010年，泰国因早恋而未婚先孕的少女人数位列全球第二，仅次于南非；另外一则新闻则是，同样在2010年年底，在曼谷一家寺庙的停尸房里，发现了超过2000个非正常的骨灰盒：里面装的全是未经处理的流产胎儿的尸体，而且这些尸体都是由同一家非法诊所通过收买寺庙工作人员的方式运入停尸房。

这两则新闻在当年引起了轰动。一向对性持放任自流态度的泰国社会也开始反思本国的性教育体系。说来不可置信，但在这个人妖泛滥、卖淫合法的国家里，所有的学校都不提供性教育。即使是大学课程，也是秉承自愿原则的选修课程而已。

我问坐在对面编稿子的扎姐，你会不会给17岁的女儿谈性？她缓缓摘下眼镜，抬头看着我，面露迟疑："难道学校不教吗？"

连常年做媒体的泰国妈妈都不肯开口给孩子做性教育，可想而知，其他的传统泰国妇女恐怕更难开口了。那么泰国爸爸呢？我想也没想，直接冲到隔壁楼八层的人力办公室，皮普哥正好在。

"皮普哥，你们家艾迪（皮普哥的儿子，当年十岁）平常跟女同学交往多吗？"

皮普哥一头雾水："我知道他喜欢你们中国的范冰冰。女同学就不知道了。你问这个干吗？"

他的问题当作没听见。继续问："那艾迪如果、万一、不小心有了女朋友，还发生了性关系，你会怎么办？"

直脾气的皮普哥简直要跳起来了："汤，你在胡说些什么？！"

这就是答案。留学美国五年的皮普哥尚且不能接受与孩子相关的性话题，可见其他的泰国父母会有多么保守。

这实在有些矛盾。一方面是性教育的缺失和谈性色变的传统文化，另一方面是这个国家对于妓女、变性人等与"性"相关的边缘人群的高度包容，导致色情业和变性手术泛滥。在性这个问题上，泰国社会，如同其政坛一样，是明显分裂的。

我才不会跟男朋友做爱呢

我们去的这所学校位于泰国北部清莱府。培训的孩子都是这所学校的学生，大都在十六七岁，在培训现场都是一脸稚气，但是对于培训涉及的话题却都并不陌生。一个十六岁的小女孩对我说："我才不会跟男朋友做爱呢！他要是因此想分手，那就分手好了！"

培训现场

　　可惜的是，这样聪明坚决地拒绝在现实生活中并不多见。在活动现场播放的视频里，有一个自始至终头部都打着马赛克的女孩。她在念高二的时候禁不住男友数次要求，跟男朋友偷吃禁果，导致未婚先孕，之后她休学待产。当她出现在视频里的时候，已经是两个月大孩子的母亲了。尽管泰国法律允许类似的早孕妈妈生下孩子之后重新回到校园，但是女孩子的脸面让她选择了从此中断学业。

　　除了她，在"国际计划"调查的600多个未婚先孕的案例中，几乎所有年轻女孩产子后都没能重新回到校园。因为她们的男友大都承担不起突如其来的"父亲"这一角色；年轻的她们也承受不起未毕业即产子带来的流言蜚语。

　　但我所听说的唯一的例外也发生在这所学校。2009年，一名老师和父母眼中的"乖乖女"未婚先孕。幸运的是，她是在高中最后一年怀孕，而且她的男友也愿意负责。所以她能够在完成高中学业之后才回家产子。但是大学梦却从此断送了。现在，这个女孩就在家附近打工养活孩子。

　　我问现场的一个短头发、身材圆润的女孩子，你觉得为什么视频里的女孩会怀孕？她说，因为不做爱，男朋友会觉得她不"爱"。一旁的培训老师则告诉她，正确答案应该是，他们的"爱"没有采取保护措施。

那女孩一脸似懂非懂。

我不知如何反应：难道要让孩子们觉得，有了"保护"，这样年轻的"爱"就是安全的吗？

"真正的爱情，应该是两个人没有彼此也能独立生活，却仍然选择在一起。"我的脑子里突然想起了这段话，却不知它从何而来。

"乖乖女"流产

相比未婚先孕的庞大数据，选择做年轻妈妈的女孩毕竟是少数。更多的女孩在怀孕之后，既无负责任的男友，也不敢跟家人说明实情，只能偷偷去做人流手术。为了避人耳目，一部分女孩会选择非法的小诊所做人流。这就是上文所说的2000多个流产胎儿尸体的由来。

一位当地医院的护士长告诉我们，偷偷前来他们医院做人流手术的女学生大都"文静秀气，成绩良好"。因为其乖巧的形象，她们得以逃过了家长、学校的监管。有的家长直到女儿肚子太大遮不住的时候，才知道孩子"有了孩子"。

这大概也是泰国特色。在泰剧和我所接触的泰国人里，招人喜欢并最终赢得爱情的往往是那些乖巧懂事的女孩子。个性强或者有主见的少女并不招泰国男人喜爱。

学校的态度则有些矛盾。本着人性化原则，那些怀孕且决定生下孩子的女生会得到批准，回家待产；之后她们也可以重回校园。但是这无疑对其他学生起到了很不好的示范作用。

在培训现场看着这些稚气未脱的孩子们拿着模拟工具学着使用避孕套，我无端想起了曼谷城内随处可见的酒吧和超短裙。我很怀疑，这样一个项目究竟能在多大程度上帮助这个国家减少未婚妈妈的数量。

回到了曼谷。想着那些比我小十岁的未婚妈妈，我觉得笔下有如千斤重。

回忆起那个把未婚先孕的原因归结为"表达爱"的女孩，我把这篇特稿取名为：风中的蜡烛。我希望她们能了解，用年轻的身体来表达爱，就好比在风口中燃烧一支蜡烛。

曼谷就医记

病人都去哪儿了？

这是九月里一个寻常的酷热天。可是身在华语东方大酒店——曼谷唯一一家六星级的酒店内的我却感觉冷空气穿过很厚的裙子，直刺人的皮肤。更糟糕的是，我的采访被安排在晚饭时间，所以只能饿着肚子工作。等到采访结束，主办方邀请大家到酒店后面一艘军舰里欣赏音乐会。刚登上军舰，我便感觉到了里面更强的冷气，直袭上来。

十一点到家以后就睡。凌晨三点开始肚子疼。凭直觉，到泰国后一直身体很好的我知道这回麻烦大了。赶紧打电话给远在郊区的果哥。不到四十分钟，对方便赶了来，打车送我到了附近一家医院。

也许是因为还是凌晨，偌大的医院竟然只有我一个病人。难道泰国人都不生病，或者只在白天生病？我皱着眉头、捂着肚子却仍然抵挡不住好奇心。

所有的护士和唯一的医生都围了过来。量血压体温、查血、查尿，好一阵忙活之后，只感受到了这里"宾至如归"的服务，却没有人给我用药。还是疼得死去活来。

根据我的经验，这应该就是普通的肠胃炎一类的毛病，弄点消炎药或者消炎水，立马就好。

但是，泰国人不这么认为。

那个帅得不像话的医生看着一直疼得掉眼泪的我，只是不停地重复两个单词：wait（等待），check（检查）。我想，还是别难为他了。耐心等吧。

在人家的地盘上，语言又不通，别无办法不是？

果哥做事一向稳妥。他一直在旁边忙着为我办理各种手续。因为，尽管还没确定我到底怎么了，但是医院已经做了决定：我必须住院，而且至少两天。

听到这个消息，一直苦于医生不给开药的我真是不知道该为他们感动还是把他们骂醒。

这样一直煎熬着到八点——医院上班时间，肚子疼仍然不见好转。那位一直被承诺会按时到岗给我做彻底检查的医生却并未出现——这早在我的意料之中：在泰国五个月，我还从来没见过谁按时上班的。只是没想到，居然连医院都允许迟到。

再然后，便有护士拿着张房间号码表，要求我选病房。我看到不同的病房价钱不一样，便把决定权交给了果哥。拿到房间牌的时候，我注意到，那是这家医院楼层最高也最贵的一间病房。

《曼谷邮报》真是有良心啊！我暗想。有了这样的安慰，肚子疼的症状似乎都减轻了些。

尽管知道这是最好的病房，被推着进房间时，我还是吓了一跳：进门便是独立的卫生间和漱洗间；房间里是多功能病床、可做单人陪床的长沙发、圆桌、单人沙发、书桌、落地窗、朝阳的阳台；还有电视机、饮水机、冰箱、衣柜等等，一应俱全。都够得上四星级宾馆的标准了。

肚子还是疼得要命，但是记者职业病却开始发作：我深深懊悔没有带相机！

除了硬件设施过硬，服务质量也没的说。至少，从我下出租车开始，我的脚就再也没有碰过地。无论是上厕所还是做检查，都是多功能担架或者轮椅接送。这种待遇一直保持了两天。

说实话，躺在轮椅上的时候，我对自己到底得了什么毛病都没兴趣知道了，只是不断猜想：《曼谷邮报》要为我这半截子雇员支付多少医药费呢？

不能吃东西，不能喝水，也不能用药！

等到九点，那位主治医生终于来了。他一进门就开始眉开眼笑。刚开始以为他冷血：哪有对着一个痛哭流涕的病人笑得这么开心的医生？后来才发现原来他的脸是生来带笑的，就像我们有些人生来有酒窝一样，不由人控制。

他按了几下我的肚子，然后郑重其事告诉我："小姐，你的情况很复杂，我们要把你送到别的医院去做全身CT，你要做好手术的准备。"

这家伙的英文倒是很流利。只是，听了他的话，我真想昏过去算了。

"在这之前，你不能吃东西，不能喝水，也不能用药。"

一句话又把我吓醒了。

得，看来今天这肚子疼是要扛到底了。

可是，这还不是最糟糕的。

听说我要住院、还可能手术，匆忙赶过来的同事赶紧汇报给了报社人力资源老总。我想，这下子我算是出名了：全公司上下都会知道那个瘦得跟排骨似的中国记者被酒店里的冷空气吹到了病床上！

天知道，那可是两股强冷空气的合力呀！但是，解释有什么用呢？

被担架送上救护车的时候，我已经疼得没了知觉，救护车里的空调都没能吹走背上的冷汗。而那个"另外一家医院"在疼痛中变得无比遥远。

听到胃被撑满的声音

好不容易下了担架，被挪到病床，我被要求喝完一大壶的红色液体。至少得有500毫升吧。据说这能够帮助CT扫描机看清我肠胃里的每一个毛孔。果哥似乎已经习惯了这个阵势。他给我拿来了一个大玻璃杯,告诉我:三杯,最多四杯,就完了。

"可不可以不喝?"我可怜巴巴地问。

"不行。"

"其实没多大毛病的。"我又加了一句。

"你怎么知道?"

一向好脾气的泰国男人开始翻白眼。我不敢吱声了。

闭上眼睛拿出视死如归的勇气开始喝水。到第三杯的时候已经听到胃被撑满的声音,到第四杯的时候直接开始呕吐。果哥脸色如常,给我拿来了接脏物的盆子。

老天,还不如继续让我肚子疼呢。

好不容易完成了CT扫描,我的血检、尿检出来了——肠道发炎。终于有人开始给我吊消炎水。疼痛立马减轻了。到第二次吊水时,我已经不记得自己是个病人,躺在担架上被送回第一家医院时还非常难为情。

但是,我还是得住院。原因是CT结果明天才能出来。这之前我不能离开医院。连贴身衣物都只能让刚刚赶来的同事帮我去拿。

那可是个三十六岁的男人啊!我真的很想请求医生直接杀了我。

好不容易熬到晚上,果哥和同事都走了,我以为终于可以睡个好觉了。没想到又打错了算盘。

护士小姐每隔两个小时就温柔地把我推醒,然后二话不说把温度计塞进我嘴里;全自动的吊水装置也会每隔一段时间响铃大作,提醒护士来换药。

原来这四星级的病房并不能保证良好的睡眠。我开始想念我那简陋得可以的曼谷寓所。

四星级的病房,380泰铢!

熬到第三天早上九点,邮报的同事来了,跟果哥,还有那个始终一脸带笑的医生在我的病床前开始了漫长的讨论。

他们用的是泰语。我只能小心翼翼察言观色。奈何这几个男人脸上的表情实在看不出喜乐。等他们讨论完了,我这个病人终于引起了他们的注意。那个医生还是一脸的笑:

"小姐,恭喜你,没有手术。只要吃点消炎药就可以了。"

我真想告诉他,其实我很早以前就知道了。但是,没办法,我还得感恩戴德,连说谢谢。谢谢你们帮我把身体全面检查了一遍,我在心里说。

然后便着急算账:这么周到的服务绝对价值不菲。果哥没搭理我,只是要我去看我的病号牌。背后全是我的保险信息:

一次手术最高报销额 50000 泰铢,病床标准 4000 泰铢等。而我住的这间病房的收费是每晚 3800 泰铢。CT 收费 13000 泰铢。一天两夜的全部花销是 29000 泰铢。但是《曼谷邮报》只需支付其中的 380 泰铢,也就是不到 80 块钱。

我这才记起来,刚进这家私人医院大门没多久,就有人在耳边问:有没有保险,有没有保险? 拿护照来!

原来如此。

为什么没有止疼片?

回国以后,我跟一位曾长期在美国居住的朋友聊起这段经历。他说,没想到作为一个东方国家的泰国,医疗标准却是跟西方靠得很近。在美国,在没有确切诊断之前,医生也是不肯轻易用药的。想要凭症状就让医生开点消炎药,比登天还难。

"不过,"朋友问,"泰国医生为什么不先给你开点止疼片?"

"给天上的你"之一：迷途之后无新路

从医院出来，一直虚弱不堪，邮报编辑放了我一个星期的假，我便每天来往于报社与公寓之间"休息"。怕爸妈从电话里听出异样，整整一个星期没敢给家里打电话。等到身体恢复后，我拨通了妈妈的号码，问一直住院的奶奶可好。妈妈说：奶奶已经过世三天了。

本文写于从泰国回来的第二年，即2013年。

奶奶：

你走了近两年了。你在那边还好吗？

我很想你。真的。想念你做的糍粑和糯米饭。想我小时候你坐在躺椅上让我给你拔白头发。想起出国前最后一次见你，你站在堂弟家的花坛上，踮起脚尖看台上的大戏。那是弟弟的婚礼。

我回来也已经有一年多了。其实你走后的两个月后，我就拿到了签证，回来看过你。只是你已经搬了家。那间熟悉的屋子里再没有你眯着眼睛看京剧的身影。反倒是村里山上添的新坟，成了你永恒的家。

当然，从泰国回来后，我也曾回到老家。不过，很对不起，不是去看你，而是去看爷爷。他跟你一样,也搬了家。就住在你对面的山头上。时隔半年,两人再度相伴,奶奶,你可欢喜?

你走后两天,我才得知消息。时值曼谷雨季,窗外风雨大作。毫无准备之下,只当是瓢泼大雨破窗而入,异国里的日日夜夜从此内外风雨交加。奶奶,你在天上可曾看见?

我一直盼着雨停。直到六个月后爷爷也猝然离世,我才知道,这一辈子,心里的风雨恐怕再也停不了了。

那是你们走前盼着见我一面的心酸。在你们走后,我用泪水偿还。

奶奶,我总是在暗夜里想念你,也在问自己,是否值得你原谅。我一直是你眼中不孝的孙女。你说,我有出息,却只疼妈妈。鉴于你已经搬家,我不能与你争辩,也不能说自己委屈。你有你的道理。

是的,这个家,谁都很有道理。也许一个大家庭存在久了,法官都没有了存在的必要。没有人理得清楚这锅碗瓢盆之间的爱恨情仇。你是一向柔弱无争的奶奶,爷爷才是一家之主。所以,奶奶,我想你肯定最有道理。你只是一直不说而已。

奶奶,这世界上的事情总是很奇怪。人走了,才能教人把她看得清楚。姑姑说,我是你带大的。我当时不置可否。因为我一直双亲健在,跟着他们长大。可是细想起来,姑姑说得没错。

奶奶,你还记得我六岁那年,邻居家比我大三个月的姐姐背着书包去上学,我却因为没有满六岁只能在家待着,委屈得直哭。是你说,别哭,奶奶教你。你说到做到。哥哥用剩下的作业本、铅笔头还有课本都成了我的。我把它们视作宝贝。你就在做饭、浇菜、洗衣服的间隙里,教我"人、口、手"和"1+1=2"。到了上一年级的时候,没有上过学前班和幼儿园的我考了两个满分。人人都说我是块读书的料。大家都忘了,我虽没有上过学前班,可是我有家庭启蒙老师。不是被称作"乡村秀才"、会书法、会作诗、会看风水的爷爷,也不是成天在外做事、见不着人影的爸妈，而是你。奶奶，你可曾想到，你启蒙的这个孙女，后来会成为村里第一个、也是迄今为止唯一一个名牌大学生？

我不知道你如何想这份所谓的"荣耀"。我只知道，它给了我新生活的底气和梦想，却也让我远离了最初的那个家还有自己。我只是一直执迷不悟，以为迷路了，就意味着会有新的路——只要我自己义无反顾。

大学毕业后，上研究生、留京工作、买房、结婚，我离自己的目标越来越近，也越来越相信没有退路的孩子就该给自己闯出一条新路。我一直以为自己是对的。直到在泰国工作一年回来，你与爷爷双双归西，我却连最后一面都没能见上时，我才明白，我是真的迷了路，而且从此不再有家可回。至少那个家里，已经不再有你。

奶奶，你呢？你是否还常回家看看？

你离开后，我无法立刻回国。泰国同事带我到中国寺庙。我号啕着告诉你，我早已经跟国外的单位请假，要回去看你，只是签证没下来，动不了身。请卦的时候，我在心里说，奶奶，你如果了解了，肯原谅我，就给我一个"圣卦"。结果你给了我三个。我当时就哭倒在地。奶奶，你可记得，我请卦是跟你学的。当初每月月初跟着你在佛前"做功课"，你我都不会想到，有一天，我们会需要以这样的方式对话。

奶奶，你可记得，当初上大学，也是你给我请了一个"圣卦"，使得一向容易紧张的我从容进了考场，进了北京的大学？我只是没有想到，离卦象越来越近的代价，便是离你越来越远。

不过，现在倒好，不是我远离了你，而是你远离了这个世界。这样想着，我的歉疚就少了几分。奶奶，当初你想见我，见不到；如今，至少我抬起头的时候，我就知道，你能看得到我，对不对？

奶奶，人的一生无法重来。我仍然年轻，可是如果给我一次总结人生的机会，我这一生，最后悔的事情就是当初远离了你。那等于是远离了我自己。只

可惜，直到现在，我才明白。

奶奶，你走后，我养成了抬头看星空的习惯。你给我的卦象告诉我，你真的在天上。我只是不知道，那么多的星星里，究竟哪一颗才是你。不过，那并不妨碍我总是抬起头，让你看见，我在找你。

奶奶，你看见了吗？

愿你在佛祖的国度里安息。

你不孝的孙女

说出你的性事

汤，记得问他，他怎么评价自己的性生活？

那天早上，我刚到办公室。向来安静少话的周姐难得的一脸坏笑。我被笑得有点发毛。

问她怎么了。她凑近了跟我说，"汤，报社有个很有意思的选题，你要不要做？"

我狐疑着说，"好，采访对象是谁？"

她摇摇头，冲我眨眨眼，"你去了就知道了。"

临走前，周姐嘱咐我，一定要记得问问那个采访对象，他怎么评价自己的性生活。

这是什么问题？

性学家

中等个子，微胖，轮廓圆润的方脸上一直有温和的笑容，甚至眼睛都写满了笑意。一看就知道是华裔，偏偏还说着一口流利的英文。这是我对他的第一印象。

我走上去坐在台下，看到前方液晶屏幕里打出的字幕是：Sex in Asia。我有点明白周姐的问题了。原来这是一位泌尿专科医生，也是一位性学家。

他一直在台上与泰国的泌尿科教授和赞助此次活动的辉瑞公司互动。我看到他被提问，身为一名性学家，会不会有人追问他的私生活，他的妻子会不会感到尴尬。而他自始至终笑着。

"我从来不跟任何人说起我个人的生活。研究勃起障碍只是我的工作。"

不回避问题，也不尖锐。他会是一个很好的采访对象。这是我的第二印象。

等他结束了与活动方的交流，坐在我面前的时候，仍是一脸的笑意。他知

《曼谷邮报》文章：完美的性

道我是中国人，但我们的采访仍是以英文开始的。

出生于马来西亚，15岁去英国留学，自此待在英伦21年，父亲去世之后选择回到马来西亚。在马大医院（Pusat Perubatan University Malaya）做了三年高级顾问医生后，去了吉隆坡一家私人医院。

一位西化的华裔，一位研究勃起障碍的性学家，一位坦率开朗的男人。作为一名特稿记者和作者，我觉得这稿子已经不用费多大力气了。从早上开始被周姐的坏笑弄得神经兮兮的脑子终于放松。她不肯告诉我采访对象是一名性学家，是怕身为中国人的我吓得转身跑掉吧。

这只是我的工作。在这一点上，我跟这个中文名叫李永业的医生异曲同工。但当时的我并没有料到，眼前这个总是面带笑容的男人会用他的人生故事打动我，并最终成为我第一个跨国翻译项目的甲方。

我到英国那么多年，中秋要吃月饼，灯笼节要吃汤圆

一开始一切顺利。只是，当他转而介绍他的专业领域时，我开始头疼：这里面有太多的泌尿学科专业术语，endourology, prostate disease, andrology, ED，我被转得有点晕。他看出了我的苦恼，突然改说中文。

"简单点说，泌尿学科就是研究跟男性生殖器官有关的学科，包括腔内泌尿外科、前列腺、男性生殖、勃起障碍等等。"他一开口，我便吃了一惊。中文字正腔圆，没有一点华裔说话时不自觉带着的英文口音。我说，没想到你的中文还那么好。

"我的小学和中学都是在华文学校度过的。家里也说中文。"

"那你在英国待了那么多年，中文一点都没有受到影响？"

"家庭的影响是很难丢掉的。我到英国那么多年，每到中秋，要吃月饼，灯笼节要吃汤圆的。"他笑笑解释。

"那你的孩子也跟你一样讲中文、吃汤圆吗？"他的履历里写着他有一儿

一女。

"他们在伦敦出生，从小就生活在西方的环境里，我不能强迫他们。父亲走后，我坚持每年清明节给他烧纸钱。女儿问我，爸爸，你相信公公真的收得到吗？"他的话里突然有了轻轻地自嘲和叹息。

"那你相信吗？"话一出口便发现自己跑题。但我控制不住好奇心。在泰国，我见过太多华裔，吃中餐，看大戏，甚至打麻将，却几乎没人会讲流利的中文。可是眼前的他不仅中文流利，而且对于中国民俗了如指掌。想想看，他曾在英国生活了21年。

"我也不知道。"他老实地摇摇头："我曾经去过福建祖籍的家族寺庙，看到了一整面墙的族谱。我想父亲是希望李家的子子孙孙得以延续吧。现在他不在了，烧纸钱是活人心里的一点安慰。"

"你说他不在了，那为什么他在的时候，你没有回马来？"我接着问。我猜，他那样一个已经在西方被"洗脑"的人仍然记得烧纸钱，应该还有文化之外的因素。

他仍旧笑笑，给了一个我始料未及的超长答案。

"祖母是传统的中国女人。祖父走后，就一直独自撑着家庭。父亲家里兄弟姐妹多，家里穷，养不活那么多儿女，只好把小姑送人。后来小姑还回来过好几次，可是祖母不理她，说她是给出去的女儿，不能再回来。甚至给小姑的旧衣服，都会把纽扣剪掉，意指小姑已经不是家里人。祖母弥留之际，小姑问她，可曾后悔把她送人。祖母说，我也没有办法，大家都说你不祥。我不知道小姑有没有受到刺激。她后来到英国念护理，从此再也没有回到过鬼话连篇的家乡。

"小姑不肯回来，可是在英国时她对我很照顾。我也曾犹豫要不要学小姑，要不要回马来。父亲患癌症的时候，我问他，爸，你要不要我回来。他说：'你若不回来，我少了一个儿子，我们的国家少了一个医生。可是人生是你自己的。你回来是为你自己，不是为我。'我知道我不会回来。那时候我正在考最后一张医学文凭，多年奋斗在此一役，我不可能放弃。父亲在我回英国两周后离开。我顺利拿到了那张文凭。可是我不知道，父亲在'那边'会不会原谅我。"

一个家庭跨越三个国家的故事。我有些失神，甚至忘了自己要采访。我相信他也是。

"刚到英国的时候，听不懂英文，吃不惯西餐。妈妈在中国新年的时候给我打电话，要我记得给自己煮点好吃的。可是洋人同学不喜欢我在宿舍煮香肠，把我的电饭锅一脚踹倒。我就在心里下决心，一定要好好考学，不能让洋人看扁。我记得刚拿到剑桥通知书时，没人相信我。我所在的北爱尔兰的这所寄宿学校之前还从未有人上过剑桥。"

他创造了奇迹。这之后奇迹还将接二连三。在离开英国时，时年36岁的他拥有七张医学文凭，包括剑桥大学医学学士和硕士、英国皇家外科医学院泌尿外科院士、英国爱丁堡皇家外科医学院泌尿外科学士、欧洲外科医院泌尿科院士。爱看《Times》，喜欢喝咖啡和下午茶，在英国已经有了一儿一女的他却自奉为道家的信仰者，还把自己在英国21年的经历和回马来后做医生的故事写成了两本中文书。

这是怎样一个跨越的人生。

"很多人问我，为什么要写这两本书。我想我是要给父亲一个交代。去英国后，我给父亲寄过很多礼物。可父亲从来没有告诉过我他喜欢不喜欢。写这本书的时候，父亲已经走了。但它才是我真的想给他的礼物。"

写一本书作为给逝者的礼物。垂首灯下的日日夜夜里该有怎样的哀痛和思念。在他的温和嗓音里，我已经失神，把写稿任务都扔在了脑后。一旁聊天的公关已经过来给我们添了几次水。而我们已经迅速形成默契。每当公关过来的时候，我就会用英文问一两个跟采访有关的问题；等公关走开，他就用中文给我讲家族故事。我的情绪完全掉进了这个马来华人家庭三代人的悲欢离合里，根本没有去想——我想他自己也无法解释，为什么我们第一次见面他就会把人

生前四十年的故事事无巨细讲给我听。

等我听完故事，两个小时已经过去了。一旁的公关按捺不住，过来做最后的提醒："只剩最后半小时"。我们这才想起要回到正题：亚洲人的性事。

当我终于结束了与他的对话时，我跟他提出了一个要求：可否把你的两本书寄给我？他说好。

回到报社后，我只用了半天就写了一篇关于他的特稿文章。以下为中文翻译：

亚洲人的性事

马来西亚泌尿科顾问医生李永业说他的工作经常令他的妻子感到尴尬。

"泌尿科事实上是一个非常宽的领域，涉及腔内泌尿外科、前列前疾病和男性生殖病学。但是人们说起它时，第一个词总是性，或者，勃起障碍。"他说。

但是，很显然，性是他工作中最重要的部分。

"我对性有不同的理解。它是信任、纽带和爱的表达，而不仅仅是一个健康问题。"

为了推广他"完美的性"的理念，他于2011年年初在网上开展了一项名为"亚洲完美性爱"的调查，共有来自中国、印度、印度尼西亚、马来西亚和其他四个国家3282名网民回应了他的调查，其中男性1658人，女性1624人。在这项调查中，被调查者要回答跟性有关的问题，包括对性的态度、理解和与性相关的烦恼。此次调查是由世界最大的研发型医药公司辉瑞赞助。

调查的结果在曼谷一个同名的论坛上公布。它显示，亚洲大多数的男性和女性（79%的男性和80%的女性）都同意勃起硬度或者保持长时间勃起的能力是达到完美性体验的关键。

在泰国，约有80%的人将勃起硬度视为拥有完美性生活的第一或者第二重要的因素。

"这一发现颠覆了人们以往所认为的性交次数是最重要这一认知。"李说。

另外一个有趣的发现是，印度尼西亚男人拥有频率最高的性生活，平均每月9.8次；紧随其后的是菲律宾男人和印度男人，分别为每月9.4次和8.8次。

与此相对，印度女人是亚洲女性中拥有最频繁性生活的，她们每月平均有8.7次；其次是印度尼西亚女人和马来西亚女人，都是每月6.8次。

泰国男女的性生活频率都较为适中，分别为每月7.7次和5.7次。

这次调查也显示，大部分亚洲人认为性生活质量比次数更重要。

"这意味着，那些性生活频繁但是质量不高的人们并不一定会比那些性生活不那么频繁但质量颇高的人们快乐或者满意度更高。"李说。给出这一结论时，他正在寻找"受害者"回答他关于性行为的问题。听众大笑。

当人群中终于有一个男人克服了困窘，站起来要分享他的性经历时，李制止了他，建议他以"我的朋友"而非"我自己"来开头。

"大部分的病人都羞于启齿。他们会试图谈论'一个朋友'遇到的麻烦。"他说，"只有当他们信任我的时候，他们才会变得诚实。"

另外一个困难是，病人不知道如何细致描述自己的病症。

为了科学地评价勃起硬度，李设计了一个"勃起硬度指数"。它采用自测方式，将勃起硬度分为四个等级。等级4代表着阴茎达到完全硬度和充分勃起，其他三个等级则代表着不太完美的勃起，中度勃起障碍和严重勃起障碍。

这期调查显示，大部分的亚洲男人都没能达到等级4，但是他们之中的80%都可以治愈，李说。

"问题是接触到有勃起障碍的男性很难。他们要么根本不愿意见医生，要么就是太囧了，不肯说实话。"

李说，他总是要求自己站在对方立场去想问题，并且从不下任何判断。但这仍然不够。

"在丈夫见医生这点上，妻子非常重要。否则的话治疗将会毫无功效，因为根本就没有病人！"

治疗分为三步。首先是用药物快速治疗勃起障碍。但是它的药效并不长。

"药能有一定作用。但是光有药并不能完全解决问题。"李说。相反，他会查看病人的用药历史，看他是否有心脏病、糖尿病或者高血压。虽然很少有人意识到，但这些问题都可能导致勃起障碍。

然后他会建议病人接受完整治疗。不幸的是，不是每位病人都愿意配合。很多人怀疑这些疾病是否真的会导致勃起障碍，李不得不花费大量的时间说服病人接受这一联系。

但是最难的还是第三步，这一步要求病人修正自己的生活方式，比如少喝一点酒，早点上床休息。

"只有在三个月，甚至更长时间后看到疗效，他们才会心悦诚服开始配合。"

虽然不愿意承认，李说他和病人的这些交流已经烦扰到他的妻子，她总在担心丈夫是否会将自己的性经历与病人分享。"她知道我不会，可是仍然会担心。"

他的妻子并非唯一有这种担心的人。

在他在伦敦皇家医学院开始泌尿科的学习之前，他曾与父亲交流过自己的职业选择。令他惊讶的是，父亲相当不安。

"他跟我母亲说，'坏了，咱们有麻烦了。我们的儿子肯定是同性恋！'"

但李仍然不改初衷。在英国圣埃德蒙学院临床医学院获得学位后，他前往牛津大学和英国皇家医学院继续学医。现在，他是 Gleneagles Hospital 泌尿科顾问医生，也是澳大利亚莫纳什大学（Monash University）吉隆坡分校的外科学副教授。

除了做"亚洲完美性爱"调查，李曾于 2000 年在欧洲做了一个名为"全球更好的性"的研究，2007 年，他还做了一个名为"亚太地区性健康和全面健康"的调查。

"以前，我们只有西方国家的数据。但是性是没有地理界限的。亚洲也需要自己的数据。"

现在，李正在做一个名为 Accept（接受，意指 attitude, concern, constraints of ED and PDE5-1 and treatment）的研究，主要分析人们对于勃起障碍治疗的态度和药物倾向。

很多年以来，亚洲医生和病人都倾向于用传统药物，比如中药，治疗勃起障碍。但是西药也越来越为人使用。

"也许这项研究最后告诉我们，大家最想要其实是将两者结合。"他说。

当说到对于这项调查的期待时，李笑着说："10 年前，避孕套是一个严格的禁忌；但是现在到处都能买到。我希望有一天人们会像使用避孕套一样谈论性。"

汤，性学家写的书好不好看？

文章发表后，我按照惯例把文章链接电邮给他，并提醒他记得给我寄书。他当时正在中东出差。回马来后，他在给我回的邮件里把文章和我都大大称赞了一番，说真心喜欢那篇文章。这不是我第一次被读者和受访对象称赞，可是我仍然满心欢喜。我在等着他的两本书，我相信那一定比他本人的叙述更加精彩。

书在一个月之后仍然迟迟未到，我发邮件催了他好几次。他有时候会回中文，有时候用英文。我发现，也许是因为他是一名训练有素的医生的缘故，他的英文很专业，中文却很有文采。于是我对他的两本书更加期待。

等到他的书终于到了的那一天，我在传达室就开始啃它。到了办公室就把所有的事情都扔在一边。整个编辑部的人都知道我天天跑传达室就是为了这两本书，都来打趣我：汤，"性学家"写的书好不好看？

我没法跟他们解释，这两本书跟"性"真的一点关系都没有。

那天深夜两点，第一本书终于看完了。少小离家，在洋人的歧视中发愤图强；出生贫困，富足之时他却与家人分隔两国；车祸之后，一身荣耀回来，父亲却已经在半月前过世；贤妻在侧，儿女双全，却常在世界某一角落里倍感寂寞；提笔成书时，惊觉自己笔下除了一家人的笑泪，还有童年痕迹在马来逐渐消失的困惑；他为自己和父亲写这样一本书，却发现读者在其中偶遇了整整两代人的悲欢。

我又坚持看完了第二本，然后敲下了给他最长的一封邮件：

Dear big brother,

I started reading your two books the second I got them. Deeply impressed. My dear big brother, I enjoy reading your books because I see a real, untainted, undecorated, uncovered you. Your firstly blur but finally clear dream, past struggle and present puzzlement, sad failures and cheerful achievement as a son, subtle care and warm regret as a father, along with your complicated war with your Chinese root, all reads so familiar, close and touching that I just can't stop until finally finish reading all.

I see you put your own dream, passion and life into your work. I feel you are seeking the meaning of life and love by being a doctor. I read into your mind and heart to your enthusiasm, sympathy and even tears as a professional doctor, a warm-hearted human and an untainted soul. I can tell your loneliness, your desire to warm and to be warmed, and your determination to create and contribute to love and life.

In your books, I know your traditionally selfless but conservative father, strong and caring mother, lovely son and daughter, along with silent but surely beloved wife. I see a doctor caring about patient with all his heart, a social observer worrying about vanishing tradition and old times, a humanitarian carefully recording all the kindness and evilness of the society and expecting it will be better.

I feel so touched every time you talk about your poor aunt whose life was destroyed by negative Chinese tradition as I was also discriminated and poorly treated by my father's family when I was a little girl; I remember my days of studying and struggling firstly in my hometown in southern China and then in Beijing, when I read your past suffering in northern Ireland; I understand your determination to have a new identity out of "predicted failure" since I was, too, forced to find my own life as in my family, only my mother truly cares about me.

I agree with you, life is, in some aspects, always disappointing. It never appears as people has dreamed or planned. It gives your expectation and drives you higher, further in the name of "creating your own future", until one day you find yourself lost and unable to go back.

But how can we deny that's also the most intriguing magic of life?

If everything is settled before we start our journey, if we know where we will be at the very beginning, the meaning of life is discounted. That's perhaps why we should have children. They are own new hope. We surely know they will reach somewhere different from our places though we cannot say that means no harm.

Life is puzzling. When we are young, we try every means to be a different, more successful self. When we are getting old, we will realize the essence and true happiness lie deep in where we are from.

A root, be it kin or cultural or geographical, is not to be denied. It's always there, waiting for us to notice it and take it into our heart.

My dear big brother, I admire you as a caring doctor, a warm human and an untainted soul. My big honor to know you and be your little sister.

Warmest regards to the family

Your little sister, Tang

这封邮件发出去不久，我就收到了他的邀请，他请我担任这两本书的英文翻译。这一项目刚好在我离开泰国的八个月后，也就是2013年元旦完成。从未想过仅有不到三个小时的见面，可以促成一个跨国项目。但是当它发生时，我却觉得一切如此自然。

只是，虽然他知道我一直在写作，但一直到项目结束，我都没有好好告诉他，写一本书以作哀思的不仅仅是他一个人。我没有想到，在奶奶过世三个月后认识他，相见甚欢的三个月后，爷爷过世。我都没能见上最后一面，甚至没来得及打一通电话。

在泰国和归国后，无数个夜里埋首灯下，任笔端的哀伤绵延成文。

世上最奇的境遇，莫过于无意中撞见了自己。

挪威来了面试官

"睡地板还是没问题的。就是吃素食太难受了！"

到了九月底，皮普哥和果哥通知我，要准备再次接受挪威FK项目官员的面试。

这已经不是他们第一次来面试我。六月时，他们就来过《曼谷邮报》，听我汇报在泰国的工作和生活情况，同时也考察《曼谷邮报》作为项目接收方是否尽到了合同所约义务。那个时候，我在《曼谷邮报》和经济观察网都发了几篇文章，在所有参与的记者当中，工作量暂时排名第一。可是当时我仍然比较紧张，因为不知道自己的工作状态是否会持续。现在想起来，对这次面试唯一的印象是在我做PPT汇报时，两位面试官听说我在曼谷近郊寺庙里睡了三天地板，问我感受如何，我说："睡地板还是没问题的。就是吃素食太难受了。我想，这充分证明我没有当尼姑的天赋呀！"

所有人大笑。宾主尽欢。

我在编辑部的老板，Mrs. Usnisa，倪姐，也在那一次面试之后特意将我引荐给了邮报总编辑：帕坦阿鹏先生。

但这一次不一样。我知道皮普哥在担心什么。第一次面试时，我特意穿了

与挪威 FK 面试官合影

长裤,遮盖毒跳蚤的伤疤,面试官没有看出异样;可是这一次,要怎么样才能遮盖我脸上的愁云惨雾?奶奶刚刚过世,我要怎样才能把面试官逗笑?给我打几分其实无所谓,FK 项目也不会真的以工作量来衡量参与者的表现,可是《曼谷邮报》是尽职尽责的,我怎能因为自己状态不佳连累它在挪威官员心目中的印象?

她的眼神好安静

除了要应付面试,眼下我跟皮普哥还有另外一件事情要做:参加中国驻泰大使馆国庆晚宴。

那一天,我在办公室接到了中国驻泰大使馆政治新闻处的电话,是一个年轻中国女孩的声音。她说她来泰国工作之前在网上看到了我给国内经济观察网写的"泰国印象系列",说那是她能够看到的、少有的对泰国比较详尽的介绍。来了曼谷之后,从同事那里得知我的联系方式(刚到泰国时,我按照环境记协的要求,去大使馆留下了电话),就想约我出来聊聊。

来泰国这么久，第一次有同胞来约我，自然感激地答应。

其实，在我内心深处，是很渴望有说中文的同胞可以聊聊。邮报待我很好，同事有如亲人，可是他们越好，我越无法开口：要怎样才能在关心你的朋友面前坦然说出，天天笑着的人其实正承受着异国病痛之后骤失至亲的痛苦？

那是大使馆附近的一家馆子。时隔两年，我已经忘了当时都吃了些什么，却忘不了那个女孩的眼神。我不是个合格的吃客，那天的一顿饭因为我的境遇不佳也掺杂了太多不开心的叙述。可是她始终安静地听着，目光不轻不重落在我的身上。那样一种淡然，我来曼谷后还从未见过——这里的人们似乎生来幸福，很少会有严肃的悲伤，一点点的惊喜都会点燃快乐。如她一般的安静平和倒是真正少见。

一瞬间我觉得自己的叙述都很多余。

因为她的眼神，我觉得这个女孩可以信任。后来我们多了些交往，她把我介绍给了她的上司，中国驻泰大使馆文化参赞。他们一起来邮报大厦拜会邮报集团主席皮查伊（Pichai）先生时，我也代为引路。

出席大使馆国庆晚宴

转眼到国庆，我收到了她寄来的晚宴请柬。她同时还邀请了邮报的同事。彭差以先生没有时间，皮普哥答应下班后跟我一起前往大使馆。

我是第一次出席这样的活动，觉得似乎应该正式一点，所以穿上了在曼谷唐人街购买的红旗袍。也许是这身衣服的缘故，在皮普哥的镜头面前，我发现自己始终只是淡淡地笑着。刚来泰国时动辄开怀大笑的我在不知不觉中消失了。现在回想起来，或许也是受她影响。

由于那个女孩的介绍，我见到了管木大使。大使谦逊待人，皮普哥和我得以向他介绍挪威FK交换项目在泰国的情况。看得出来，大使对于英文流利、待人诚恳、开朗健谈的皮普哥，邮报人力资源部副主席，印象很好。我们三人相谈甚欢，并合影留念。

当时并未料到，就是这一张合影，竟然不经意间左右了后来面试的结果。

结束了晚宴，我问皮普哥，这一回面试是不是跟上次一样，需要准备PPT？他说不需要。我又问，那他们怎么面试？他说他也不知道。我彻底抓瞎。

左起：皮普哥、中国驻泰国大使管木和我

想起此前八月，皮普哥代表《曼谷邮报》前往菲律宾参加FK项目中期会议，把我的作品带到了会议现场。回来以后，他说，所有人都被我的作品震动了。大家都难以相信，这么多的新闻作品是一名不会当地语言、到达交换国家不到四个月的交换记者做出来的。我在想，FK挪威是不是跟《曼谷邮报》人力老大彭差以先生一样，怀疑那些作品不是我写的，所以才再次派来面试官？

如果是这样，那我真该坦然。对于这一次面试，不再有任何准备。

上个月，我奶奶过世了

见到托马斯（Thomas Ofalson）先生时，我刚刚从编辑部写完稿子出来。看到他只身一人，而身边仅有的皮普哥都淡然退去，我觉得有点怪怪的。

上一次面试时，几乎所有邮报的项目相关方：人力主席彭差以先生、项目主管皮普哥、生活指导果哥、生活方式部主任倪姐、工作指导墨姐，全数到齐。再加上两位挪威FK官员、亚洲FK代表萨沙（Sacha）先生和记者交换项目主管妮萨（Nisa）女士，整个面试过程可以说是浩浩荡荡，生活方式部和人力资源部都给惊动了。我以为这一次也是这样。

面试地点也变了。皮普哥帮我们挑选的新地点不再是报社的大会议室，而是邮报一层露天的咖啡角。

托马斯是挪威韩裔。不同于之前见到的两位总是满脸笑容的挪威项目官，浓眉阔脸的他从一开始就没有笑容。我想也好，反正我也没有心情笑。不过，看着他摊开了纸笔记录，我还是有点惺惺相惜：原来还有人跟我一样，喜欢跟人说话时用纸笔，而不是录音笔，做记录。

咖啡角人并不多，可是热带露天的场地实在太热，我几乎无法集中心力。偏偏托马斯先生说话声音很小。想着邮报如此放心让我单独面对面试官，我想我得拿出十二分的精神来应对。

托马斯也已经是汗如雨下。这位已到中年的挪威人此刻正在细致地写下我说的每一句话。而我在泰国四个月来的经历也因为他的问题而得以回顾：报到的第二天就被派往北部独自出差，回来后才知那是一次默认的考验；之后开始写作书评；被派去报道世界女性佛教徒大会，在庙里打了三天地铺；去果岛报道军舰改装成的潜水项目、去曼谷近郊采访农村妈妈的"母亲节"、去芭提雅采访盲童摄影师、去中部拜会私人大象养殖中心、去北部清莱探访未婚妈妈、在曼谷与日本水专家聊水的传奇；这期间尝试写文化评论……我惊异于自己一边挥汗如雨，一边清晰地回忆自己过去四个月的点点滴滴。每一件事都清晰如在昨日。

"第二天就被派去出差，你有没有提出反对意见？"

"没有。"

"为什么？"

"记者的职责在于行走。有机会去出差，那是好事。"他没有问我有没有"愤怒"。

"在山区里采访最大的挑战是什么？"

"不会当地语言。当地人不会英语，我也没有开始学泰语。只能手脚并用，加上观察。"怕他不明白，我在现场几乎也是"手脚并用"。我想我看起来一定很滑稽，但托马森先生依然没有笑颜。

"你在泰国工作似乎一直很顺利。你觉得原因是什么？"

"幸运吧。邮报总能给我很好支持，编辑会帮我看选题。我跟这里所有人都相处愉快。"

"听说你还给邮报写评论？"

"是。"

"是关于女性地位和佛教？"看来他是有备而来。

"是。"

"你这么年轻，怎么会知道中国农村的情况？"

"我出生于农村。在中国中部一个省份。"

"那你在哪里读的书?"

"北京。我在北京待了九年。"

"你有硕士学位?"

"是的。"

"谁资助你读书?"

"我父母。读研究生时有国家的奖学金。不交学费。"

"毕业之后,你做过什么?"

"在报社工作。当编辑。"没有提我其实是一名英文编辑,没有做过记者。

"你为什么会来泰国?"

"锻炼英文,想给自己不一样的经历。我也想看看,除了为财经媒体工作,我还能不能做些不一样的报道。"

"你同时还给你国内的派出组织写稿?"

"是。"

"都是关于什么?"

"泰国的文化、社会、各种有意思的事情。"

"你为什么会做这个?"

"不希望这个国家被误会吧。泰国有很好的佛教传统、很好的人和文化,不是仅仅只有人妖和政变。这跟我给邮报写文化评论的初衷是一样的,泰国人对于中国人和文化也有很多误会。我只是希望尽我所能减少误会。"

"听说这些评论的反响都挺不错?"

"我不知道。"是真的不知道。没人跟我说我的评论写得好不好。我只知道编辑部给我的评论写作任务越来越多。

"那你在泰国有没有遇到什么困难?"

困难?我迟疑了一会儿。

腿上的伤疤仍然历历在目。一百多个日日夜夜，独身处于异国的孤单犹如极寒。经济窘迫，娱乐几乎为零。这些似乎是困难，又都不是。至少，在面对这些的时候，我仍然是笑着的。我并不真的在意。

"那你有没有遇到什么困难？"眼前的托马斯神情严峻。他的眼睛一直盯着稿纸，好像他提问的对象是那薄薄的一片。

"我奶奶上个月过世了。"

听到这句话，他突然转过来看着我。"那你怎么还在这里？"

"我的工作签证没有下来。回国的话，再回泰国又得重新申请，邮报又得把我送到老挝去。我不想再麻烦他们一次。而且，我知道消息的时候，奶奶已经走了两天了。"我想我的表情平静远多于悲伤。我不喜欢重复诉说一件伤心事。

"那你是不是觉得自己很不走运？"

"也不是。这只是一次意外。没人知道奶奶会突然过世。她有糖尿病，每年都会住院一段时间。这一次她已经获准回家了，但是到家不到半小时突发心脏病。没人预料得到。"

"头疼"时间

我一说完，照例等着下一个问题。可是突然就没有了问题。我看着他小心地记下了刚刚我说的一切，然后他抬起了头，停下了笔，看着我。我也茫然地看着他。

紧闭着嘴的他突然说了句："好了，面试结束了。"

我几乎不相信自己的耳朵。这么简单？上一次面试费了我和邮报数十个人整整一上午。可是托马斯的表情看起来不像是开玩笑，他一直直视着我的眼睛。

我长吁一口气。马上掏出手机打给皮普哥：邮报极为看重自己的声誉。这一次的面试官又是来自挪威。那边一堆的人力同事，估计都在等待这次面试的结果吧。

但我仍然是一贯不正经的口吻：皮普哥，你的休息结束了。现在是"头疼"时间（headache time）。赶紧下来吧。

我在人力资源部，一直被称为"Chinese Headache"。

皮普哥一迭声地说好。而眼前这个人，突然就大笑了起来。他不可置信地重复："头疼"时间？

我说是呀，他们一直都是这么称呼我的。

等到皮普哥跟托马斯开始就着一杯冰咖啡聊天的时候，我顾不了他们一直不停地提到"汤"，故意退到了阴影处：这热带的咖啡角，怎么这么热？

中午皮普哥请吃饭。托马斯似乎是放松了许多，看我的眼神不再严峻。我依旧由着他们谈天说地，不插话，也不多说。

临走的时候，托马斯拍了一些我的照片。听说我跟皮普哥去了中国大使馆

报社咖啡角留影

的国庆晚宴，他拜托皮普哥发一些照片给他。皮普哥一贯专业，当然说好。我在一边忘了问：谁告诉他，我们去了大使馆？

面试结束，我给亚洲记者交换项目主管妮萨打了电话，问她还有没有面试。想着如果还有，我就写一个汇报材料给他们。我可不想不停地被要求回顾过去。

妮萨说，放心，这是最后一次了。她说她也不知道为什么我会在不到三个月里被"面"两次。其他的同学们都是一次就结束了。

我放下心来，重新回归我的生活。

我居然赶上了这个国家七十年一遇的大水

那一年泰国的雨季似乎特别的长。往年到了十月，每天下雨的时间会逐渐缩短，直到没有。可是这一次，整整一个月，每天晚上都是暴雨肆虐。公寓里没有电视。我的生活圈内仍是每夜大雨过后，清晨了然无痕。我是从同事越来越严肃的谈话里知道，来泰国不到半年，我居然赶上了这个国家七十年一遇的大水。

为了安全起见，邮报停止了一切可以停止的外派出差，也不鼓励我们出外采访。我的生活突然变得无比清闲。邮报很多同事家里都遭了水，他们需要请假照看家里，所以办公室里的人越来越少。只有人力资源部仍然是每天有人坐班。我养成了每天中午必然去"喊饭"的习惯。听到他们一声声不耐烦的"好啦，好啦，就来啦"，就觉得，大水其实也并不那么可怕。

但是果哥跟我讲，洪水距离我的公寓和邮报大厦只有4站地。他们并不能保证我的安全；皮普哥答应我，一旦出现情况，会立刻开车带我离开。我去超市买了一些应急的水、饮料、食品，屯在公寓里，心里却从来没想过要正经当"难民"：如果大水真的能淹过我所住的三楼，恐怕这个国家也不会有一寸土地是真的安全。那还逃什么？

拒绝了墨姐给我放长假的好意，每天仍然按时到邮报写稿——在这洪水随

时会突袭的时刻，那间只有影子给我做伴的公寓并不会比邮报办公室更让人有安全感。

穷极无聊，便生了大胆。有一次，背着邮报、毛着胆子跟着同学去了一趟中国城。去之前，我们已经打听好，前一天有洪水来过。曼谷市政府已经筑起了防洪墙，第二天应该还算安全。所以我们在中国城看到的只是前一天大水过后的污迹和商户堆在门外的沙包。

皮普哥从菲律宾开完中期会议回来以后，跟我说记者交换项目的主管方，越南FK，希望我给他们供稿。我答应了。可是一直没找到合适的选题。想着这一次大水来临，国内已经有很多同事和朋友来过电话表达关切，应该其他国家也会关注。我就把大水期间的见闻和在中国城看到的场景写成了英文通讯，发给了越南方。不到两天，就看到了翻译成越南文字的报道刊登在报纸《Vanguard Newspaper》上。

汤，你的故事上了挪威FK的网站

在皮普哥给我转来刊发的报道的那天早上，我们都收到了当时《经济观察报》FK项目负责人、经济观察网副总编辑张宏先生的电邮。他在信里说报社对我在泰国的表现很满意，也表达了对我身在泰国是否安全的关切，建议我回国避水，并告诉我报社会承担我来回的机票费用。身在异国，洪水在侧，这样的问候和安排让我温暖。可是我仍然犹豫着要不要回去：这半年的朝夕相处，我已经视这里为生命的一部分。这样特殊的时刻，我不能一个人逃回国内。

可是皮普哥、我的编辑同事、FK亚洲官员都建议我回去。

"当大水真的来临时，所有人都会自顾不暇。你会是我们的累赘。"皮普哥只用一句话就让我下定了决心。

于是买票、收拾行李，收到邮件当天晚上，我就到了曼谷国际机场。

在等飞机的间隙，收到皮普哥和妮萨发给我的邮件：汤，你的故事上了FK

挪威的官方网站。

网站原文翻译：

挪威FK国际交换项目参与者、中国记者汤向阳在泰国最大的英文报纸——《曼谷邮报》担任特写记者。她的工作已经引起了中国政府的注意。

搭建文化的桥梁

我们是在这家泰国最大的英文报纸的办公中心里见到汤的。我和我的同事尼萨搭乘出租车穿过曼谷拥挤的交通，来到了距离FK组织亚洲总部一个小时车程的《曼谷邮报》大厦。（也许走路只需要半小时呢）一位娇小温柔的女士迎接了我们。站在她身边的是彭彭先生，《曼谷邮报》FK交换项目的负责人。在面试她之前，我们有幸享用了掺有牛奶的泰式茶。它让我们在这炎热潮湿的亚洲首都城市中感受到了一丝清凉。然后，我们在《曼谷邮报》大厦露天咖啡的一处安静角落开始了对汤的面试。汤首先表达了对于FK交换项目的感激。她说这一项目让她拥有了大多数人无从获得的经历和可能。"我个人得到了成长，职业空间也得到了拓展。我希望回国以后能为我的报纸，《经济观察报》，写作具有文化视野和国际视角的文章。"

跨文化理解

作为一名交换记者，汤的工作效率令人印象深刻。在她担任《曼谷邮报》特写记者的半年时间内，她已经发表了16篇英文报道。她同时还为她的派出组织写作了将近二十篇介绍泰国社会文化的文章。在写作后者时，汤尽量避免将主题局限于妓女、毒品和变性人。相反，她会集中笔力介绍泰国人民、文化、佛教、普通泰国人如何看待他信家族、问题少女以及慈善等。对于中国公众来讲，慈善并不是一个特

别熟悉的话题。汤知道，跨文化交流、志愿精神和国际组织对于慈善非常重要，中国经济发展迅速，但是文化沟通却在某种意义上落后了。汤通过这些文章，传达中泰两国文化互相借鉴的重要性、减少两个文化体之间的误解。她说中泰两国在看待彼此时都不乏偏见。尽管泰国人当中有相当一部分人具有华人血统，但是却对中文和中国文化知之甚少。汤在中国的雇主已经留意到了她在曼谷的工作，并把她列入了升职候选名单。FK交换项目使得汤更有自信也更有跨国工作的经验，这使得她能适应多样化的媒体平台。此外，她的英文已经驾轻就熟，也明白了自己的职业兴趣所在。"我对文化报道很感兴趣。希望回国以后能为我的报纸写作书评。"英文书评是汤在《曼谷邮报》最获肯定的文章题材之一。

教育创造可能

汤今年二十七岁，已婚，出生于位于中国南部的湖南省。她十八岁考上了位于北京的中国传媒大学，并在此后六年中获得了国际新闻专业的学士和硕士学位。记者并不是中国女人普遍的职业，因为大部分中国女人都是农民。汤接受教育的初衷是为了让自己的人生拥有更多可能。在为《经济观察报》工作了一年半以后，汤加入了FK交换项目。问她为什么要参与这一项目，她说，首要原因是"锻炼英文和提升自己"，"我也想看看自己除了做经济报道以后是否还能做些别的类型的新闻"。

运用身体语言进行采访

到达《曼谷邮报》的第二天，汤就被要求飞到泰国北部清迈府独自出差，报道当地山区一个有机农业项目。语言不通、文化障碍和紧张的工作节奏都是汤要面对的挑战。她甚至要运用身体语言做完整个采访，因为没有翻译，而她那时还没开始学泰语。"其实平时《曼谷邮报》的工作节奏是很慢的，"当问到《曼谷邮报》的办公室文化与《经济观察报》有何不同时，汤如此回答。"在中国，我为报社网站做英文新闻，需要每日更新，有时还要写作英文深度新闻报道，工作节奏一直都是很快的。但是现在我为《曼谷邮报》写作英文特稿，几乎没有截稿日期。当然也有可能我没有感觉到，因为我没有被编辑催稿的经历。""还有一点是，在中国我是名英文编辑，做的采访很少。即使有，基本都是专访。但是在泰国，我需要跟来自很多媒体的记者竞争，还要跟采访对象赛跑，因为他们随时都会从我眼前消失。有时候我甚至得靠观察现场人和事来写作一个吸引人的故事。"这次的交换经历使得汤变得强大，在感情上也更加自醒。这种新视野的获得主要源于在泰国期间，她的祖母意外去世。受困于未能如期延期的签证，汤没能赶回中国见祖母最后一面，也没能参加老人家的葬礼。相反，她只能独自承受失去亲人的伤痛。汤最后说："泰国，已经是我的第二故乡。"

工作表现获得承认

在面试后，汤在曼谷的项目领导，《曼谷邮报》人力资源部第一副主席，彭彭先生说，他对她的工作表现非常满意。"我们从没把她当作交换记者。我们视她为《曼谷邮报》的正式员工。她的文章写得好，独立工作的能力也非常强。"汤的特写编辑，玉萨尼萨夫人，完全同意彭彭先生对于汤的评价。玉萨尼萨夫人是泰国诗琳通公主殿下的大学同窗好友。在曼谷面试两天之后，汤获邀出席了中国驻泰大使馆国庆正式晚宴。她能获此邀请源于她为增进两国文化交流所做的贡献。

英文原文（节选）：

BUILDING A CULTURAL BRIDGE

Chinese FK participant Xiang Yang Tang works as a feature journalist in Thailand's largest English language newspaper, Bangkok Post. Her work has already caught the attention of her own government.

We met Tang at the towering headquarters of Thailand's largest English-language newspaper. A tiny, tender woman greeted us.

THAI CULTURE IN CHINA

Tang has shown impressive productivity, delivering sixteen features for Bangkok Post during the first six months of her exchange. She has also written several articles about Thai culture for her Chinese employer. When Tang writes about Thailand, she tries to avoid "usual" subjects like prostitution, drugs and "lady boys". Instead, she has written articles about Thai people, culture, Buddhism, how the general public view the Thaksin family, unwanted pregnancy and charity. Charity is not a familiar concept to the Chinese public, but she has learned the importance of working across borders, volunteering and the role of international organizations during her exchange.

CROSS CULTURAL UNDERSTANDING

The Chinese economy may be developing at breakneck speed, but it is also leaving cultural understanding quite a long way behind. Tang uses her articles to show that China has many things to learn from Thailand, and to reduce the misunderstandings between the two countries. Looking in the opposite direction, it is pretty clear to Tang that prejudice is still an issue. Many Thai people are of Chinese origin, but do not know much about the culture or language. Her boss in China has taken notice of her work and Tang has already been promised a better job once she returns from her exchange. With her increased self-esteem and international experience, Tang thinks she is ready to pursue a career in aired media. She says she feels much more comfortable with English now; and believes she can apply her profession on different platforms. "I also have a renewed interest for culture, and I plan to write book reviews for The Economic Observer once I return to China."

EDUCATION OPENS UP POSSIBILITIES

Tang is 27, married and grew up in the Hunan province in Southern China. She moved to Beijing when she was 18 to do her bachelor's and master's degrees in journalism. This is not a common career choice for women in China, as most women still work on the family farm. Tang's motivation to study was that she felt it would open up more possibilities for her to make a useful contribution to society.

Tang's work is appreciated. On China's National Day, Tang was invited to attend the formal banquet at the Chinese Embassy in Bangkok, as an acknowledgment of her work to bring the two countries closer together.

五个月后，我结束项目离开泰国；六个月后，我回到曼谷做项目汇报，再见托马斯。他告诉我，FK 挪威把我的情况列入了它的 2011 年年度报告。报告涉及十个案例，其中七个为人物报告，我排名第一位。

托马斯的真心

写作本文时，托马斯和皮普哥都相继离开了 FK 挪威和《曼谷邮报》。为查找当初托马斯为我写作的特稿原文，我无意中找到了他在 FK 博客上写的关于与我会面的情景。我这才知道，当初自己眼中严肃、谨慎的他其实有一颗敏感和善于体察的心。

Last Wednesday I had the pleasure of being invited to meet participant Tang Xiangyang.

Tang is a young, aspiring journalist posted at the newspaper Bangkok Post. She is a part of the Environmental News Report project. She works for the Life section of the newspaper. It was very clear that she was popular in her workplace, but also very well respected.

Tang told me about her challenges as a participant in a foreign country, but also about her many achievements. She has written a number of well recognized features and her work has been so noticeable that she was invited by the Chinese embassy to celebrate the National Day there. They believe her work has moved the two countries closer by increasing the understanding for their cultures. You really cannot get a better acknowledgment than that. She is also writing a book, which some of you probably have seen here in FK World.

I plan to write an in-depth article about my meeting with Tang when I get back from Thailand.

（博客原文：http://www.fk-world.com/en/Blog/My-Blog/?userId=5142&entryId=23617）

托马斯提到的、我当时正在写的那本书便是《我的秘密》。

"鬼画符"里的秘密

汤，你要当尼姑吗？

入职《曼谷邮报》第一天晚上，果哥带我去超市购买生活用品。我贪吃，见了锅碗瓢盆便挪不开脚，没留意果哥的去向。等我把"吃"的问题解决了，才发现果哥在看电视。看到我来了，指着前面几排大小不一的机器，问我，你要哪个？

我赶紧拉着他就去买柴米油盐。他问，你天天一个人在家，不看电视怎么受得了。我不说话。他摇着头说，真是个奇怪的人。

上班在办公室写稿，有英国的"老外"（其实我自己也是"老外"）天天来敲桌子、问好、聊天气，然后约吃饭；下班了，抱着iPad坐在办公楼外面的台阶上等班车，有本地的帅哥编辑来问，周边有个不错的咖啡店，一起去喝一杯好不好？

摇头。再问，再摇头。还问，还摇头。他们说，你又没有同伴，为什么不跟我出去玩玩。我说我还有事情要忙。他们问，就是你的稿子吗？不是都已经交了么？我不说话。他们就说，你们中国女人真奇怪。

皮普哥也说我：汤，你一个人在泰国，曼谷又是个花花世界，为什么把

自己管得那么紧？不肯要电视，人家请你喝个咖啡都不赏脸，你这是要当尼姑么？

我摇头，不当。

那你要干什么？

不说。

皮普哥皱着眉。我就跑掉了。

"鬼画符"

那些日子我没有了时间的概念。只要不出差，白天就会在办公室安安静静写稿、码字。中午去人力"喊饭"，吃完就去报社露天的咖啡角睡觉：趴在桌上，躺在长椅上，斜在座位上。各种姿势都睡过之后，摊开笔记本，拿出圆珠笔，继续码字。不过咖啡角的码字不像办公室那般在电脑上敲得中规中矩。东写写，西划划，这里加一个人物，那儿添一个段落，"写"了一页又一页，厚厚一个笔记本，翻回去看时全像鬼画符。

有调皮的摄影师同事，把我午睡的照片拍了来，挂在编辑部内网上。还拍了我的"鬼画符"文章。人人都说读懂了我的照片：流口水是贪吃、被人拍照时浑然不觉是贪睡、无人陪伴则是太孤单；可是没人读懂我鬼画符般的文章。大家都在猜测：难道汤每写一篇文章都需要这样先"鬼画符"吗？

被人拍了丑照，随他；有人议论我的写作，不听他。我是着了魔，疯了。

星星躲起来了，从来不肯跟我相见

每天晚上六点前一定买完菜到家。关门关窗。这剩下的白天黑夜再不出门一步。这公寓一街之隔的就是贫民窟。不能让人知道我一个女人单独住在这里。出差在外，我是勇敢的独行侠。关上房门，不过是个懦弱的女人家。

可是这个女人没有闲着。做完晚饭，喂饱自己，给国内的人打过电话，报过平安，马上拿出那本红色的笔记本，把"鬼画符"一个一个字敲进 iPad 里（注意，不是电脑里）。把提纲充实成段落，把段落扩充成章节。这个容颜枯槁、也许还满面油光的女人正在做梦：梦里那些一个个断裂的章节会像一队小人儿一样手拉手，自己站成一个整齐的队列，还会跳舞呢。

　　熬了许久，小人儿没有学会跳舞，不过这个做梦的女人已经完全分不清楚白天黑夜。总是从晚上七八点开始敲 iPad，敲到半夜一两点，眼皮打架了，就把 iPad 扔到一边，就着房间里被空调吹得越来越冷的空气钻进被窝，睡觉。睡醒了，拉着灯，也不看表，摸到身边的 iPad 继续敲。直到天已经大亮，再次把 iPad 扔到一边，倒头再睡。再次醒来时，起床，洗漱，吃点饼干，喝点豆浆，就着外面已经发白的阳光，去菜市场赶班车。

　　周末就是我的天堂。不用上班了。周六早起去超市买好两天的食材、水果，充好电话卡，回来除了吃饭，就是写作。写累了歪倒就睡。反正床就在书桌兼饭桌旁边。不是没去找过咖啡馆：很多大作家不是都说咖啡给人灵感吗？可我偏偏完全相反，给我一杯咖啡，马上昏昏欲睡。看来还是我那"陋室"里工作效率最高。

　　也不是自始至终平心静气。有时候写到半夜，突然发了神经，抱着 iPad 不说话，眼泪就流了出来。窗帘厚实，望向窗外也只是深蓝色一片。没人在看，也无人能懂 iPad 里面越积越多的文字跟已经故去多年的人有着怎样的纠葛。她在那边还好吗？窗帘不会给我答案，于是壮着胆子，在这暗夜里开门，走向阳台。这一条街的喧嚣早已褪去，曼谷的夜里依然是逼人的灼热。月亮永远只有斜斜一线。星星躲起来了，从来不肯跟我相见。

　　我只是个孤独的人，和我的思念一起，流浪在这热带的国度里。

眼泪就这样掉了下来，击碎了我的秘密

　　终于有一天，当那些零散的"小人儿"慢慢开始有了"队列意识"时，在

一个百无聊赖的等候班车的夜幕，在电话里跟国内的人开始絮叨。讲每一个还没有学会站队、更不会跳舞的"小人儿"，讲这个热带国家如何赋予这些"小人儿"生命，讲它们后面那个故去多年的人，讲她一辈子的爱恨纠缠和自己日日夜夜的思念。我是再次着了魔，一路讲下来，也不给人插嘴的机会。直到电话里余额不足，自动挂断。

再后来，那人打了回来。只说了句：辛苦了。眼泪就这样掉了下来，击碎了我的秘密。

普吉岛的眼泪

假期变成了出差

普吉岛之行本是 FK 项目给我安排的三次旅行之一。但我们到达当天刚好是海啸纪念日。对于 2004 年的这次海啸,中国人熟知的或许只有李连杰曾是幸存者之一。但这场灾难的遇难者高达 30 万。即使是在当时——时隔 7 年之后,仍然有遇难者的家人不能走出当年的苦难。

每年的海啸纪念日,《曼谷邮报》都会刊发报道悼念死者。2011 年,这个报道任务落在了我头上。

墨姐在机场办好了租车手续,果哥提来了行李,我忘了半小时路程之外的美妙海滩。一行三人沉默着,向着海啸发生地疾驰而去。

她失去了儿子,也没了家

班村靠海。我就是在这所小村庄里见到苏娃德(音译)的。说起七年前在海啸中失踪的四岁儿子,她的声音几不可闻。

"到现在我仍然没有找到他的遗体。我不知道他在哪儿。"她的眼神空洞,有意避开了身边人。在那场海啸中,班村有超过 4000 人丧生。苏娃德不仅失去

了她的儿子，当（音译）。她的家和饭店也被洪水吞没。为维持生计，几年前她在普吉岛海岸开了一家纪念品商店。

只看一眼，你会觉得这位村妇，如同这里大部分的幸存者一样，将他们的悲伤掩藏得很好——她一直在欢迎进入商店的游客，就好像她的生活跟这个海岛上依靠旅游业生存的人们没有两样。这导致因为语言障碍而无法直接跟她交流的我，在采访完成之后，才确认她一家人的遭遇。没能在她的店里买下那串并不怎么贵的珍珠项链，是我此行最大的遗憾。

但事实上，如其他幸存者一样，苏娃德对于那场灾难记忆犹新。在过去七年，她的村庄每年都会在12月26日举办纪念活动。人们在佛前做功德，提供各种纪念性的服务。而其他的村庄，大都选择了埋葬那段悲伤的记忆。

万差以（音译）现在54岁，中等个头，黝黑肤色，自始至终没有笑容。他是苏娃德所在的班村的村长。班村把村里的一间房子改造成了撤离指挥中心，里面安装了必要的通信设备。全村一共有73名训练有的志愿者帮助撤离人员。他们同时肩负着在灾难来临时保卫村里财产的重任。

万差以是班村五名可以直接从曼谷国家灾难预警中心获得数据的"村干部"之一。国家灾难预警中心是一个独立机构，负责每日预测泰国海岸发生灾难的可能性。这五名"村干部"有权决定是否让村民撤离。

他们认为信息是成功撤离的根本。他们备有当地人绘制的逃生地图，为每一个社区都提供了灾难来临时的安全路线，同时还标准了"脆弱者"所在区域，包括老人、残疾人士、病人和孩子。

班村还有一个海啸预警塔，可以用泰语、英文、中文、日语、缅甸语和德语提供预警信息。当预警塔六年前初次开通时，它并不值得信赖。万差以说，为了测试预警塔的可靠性，他们会让主管者每年两遍播放国歌。

七年了，我们已经不再害怕

班村的海啸逃生准备已经经过测试。去年，当两场大地震袭击了印度尼西亚的苏门答腊岛时，班村居民冷静地收拾好行李，按照既定路线逃离。

"人群走逃生道的右边，车辆走左边。不允许回头。一切都按照我们练习和计划的进行。"万差以说这话时有骄傲的语气。

"七年过去了，我们已经不再害怕。但是住在这里的人们不能用虚幻的安全感愚弄自己：我们居住在海啸区，我们的每分每秒都要倍加小心。"

我们在当地居民家里看到了家家或者每个人都有的"神奇袋"，里面装着重要的文件：银行资料、地契、护照、手电筒、随身衣物、一瓶水和逃生用的平底鞋。

当地人对这样的"逃生装备"习以为常，我却无法忘记：几分钟车程之外的海滩边，是灯红酒绿、你来我往的花花世界。那个世界里，没有海啸，没有失去，自然也没有悲伤。

"我们的生活已经被灾难改变。"万差以说，很多村民变得一贫如洗。很多人变成了寡妇、鳏夫或者孤儿。"

外面的世界似乎已经遗忘了班村和这里的灾难。但班村却要以百倍的力气阻挠外部世界侵蚀他们的记忆——在海啸中被洪水冲上陆地的两只船仍然停靠在原地。他们已经成为班村的标志。

泰国文化部承诺要在当地建设一个纪念博物馆。但是迄今为止仍然不见踪迹。只有遇难外国人的家属和亲人会来到班村。在村里那面只有不到二十米的纪念墙里，向他们的深爱的名字敬献花环，表达悼念。

一位从澳大利亚前来悼念的老人告诉我，他每年12月都会来看望他"亲爱的孩子"，虽然他的遗体至今仍然没有找到。

海啸遇难者纪念墙

看着这面写着几百名遇难者姓名的悼念墙，无法让人相信，这里是世界闻名的度假天堂——普吉岛。我也第一次明白，作为一名记者，我要做的便是在热闹中沉静，也在绝望中寻找希望。

除了悼念死者的来客，国际灾难救援的专家也会来此学习班村的自救经验，泰国的大学也会派学生来做逃生研究。

忘记过于疼痛

"政府官员或者政治家很少造访我们。安达曼省的官员、普吉岛商业发达地区的企业家们也试图淡化人们关于海啸的记忆。"比如，今年政府和本地部门都没有举办逃生演习。理由似乎不言自明：演习会勾起人们对于海啸的记忆，而海啸会把游客吓跑，于商业不利。

但是班村的居民没有忘记。"你没办法忘记那样一场灾难。忘记过于疼痛。"54岁的村民塔瓦普说。在2004年那场海啸中，他失去了孩子、妻子和他的钓鱼码头生意。

七年过去了，仍然有400具尸体无人认领，更多的家庭和村民却苦于无法找到他们所爱之人的遗体。

"我仍然找不到儿子的尸体。DNA测试说，他不在那400具尸体里。"苏娃德说。

但是记忆不代表伤痛。海啸和对于灾难的知晓已经变成了班村居民生活的一部分。年轻人——很多都是海啸的幸存者，也知道自然灾害。那场灾难已经被写入了教科书里。

"我们知道，如果海啸袭击了苏门答腊岛，正如它七年前袭击普吉岛一样，我们会有五个小时逃生。"一名16岁的村民志愿者说。他的职责是在逃生中照顾年幼的孩子。

不仅仅是记忆。他们对于灾难有了更深的认识，也学会了向其他遇难者表达同情。今年早些时候，日本仙台发生海啸时，村民捐赠了三万泰铢。上个月，

采访普吉岛的村长

曼谷遭遇洪水时，他们派出了一组志愿者去支援救灾。

显然，这个社区已经获得了一种新的自信。村民们对于可能的灾难坦然自若。"我们住在一个危险区，但是没法搬家。我们必须小心翼翼生活，时刻提防灾难。"万差以说。

这时刻警醒着灾难的村民是普吉岛的另一张脸。它的上面，爬满了泪水。

"伪记者"现形记之二：河内的冬天有点冷

骨头都快被寒风吹断了

我是在一个曼谷酷热的"冬天"清晨坐上了去越南河内的班机的。下飞机后就觉得这个实际上修建得很现代的机场似乎四处漏风。我的骨头都快被寒风吹断了。

机场之外是灰色的天空、暗淡的建筑，配上着装沉重、默默行走的人们，冬天的河内很像那个我在过去十年待着的城市。只是它并没有勾起我亲切的思乡之情。或许是因为我穿着薄棉袄仍然觉得冷的缘故。

酒店的情形则相对好些。外面仍是灰色的墙体，但一进门，温暖的空气扑面而来，本已经光洁的地面在闪亮水晶灯的照射下几乎可以当镜子用。北京酒店里常见的吊顶设计和迎宾小姐红得耀眼的"衫长"（越南旗袍）都让我瞬间有回到国内的错觉。习惯了泰国出差时常住的经济旅馆，甚至家庭旅馆，我对自己身为记者却住在这样一个豪华得不像样的酒店感到羞愧。

无知者无畏？

这是由日本日立（HITACHI）公司赞助的"青年领导人论坛"：HITACHI

Younger Leaders Initiative。当时是第 11 届，主题是"亚洲新舞台：实现可持续发展和经济一体化的亚洲视角（The New Stage for Asia — an Asian Perspective on Managing Sustainable Development and Economic Integration）。

在泰国工作了八个月，这是我第一次代表《曼谷邮报》走出泰国。

"青年领导人论坛"说白了是借各国政界、商界、文化界的领袖发表对于地区事务看法的机会，影响年轻一代对于国际事务、大国关系的看法。来自越南、马来西亚、日本、韩国、泰国、印度尼西亚和菲律宾等七个国家的 28 名大学生被推荐来参加这个论坛。在长达两天的时间里，越南副总理 H.E. Hoang Trung Hai 谈中国的威胁、菲律宾贸易和工业部长 Hon. Gregory L. Domingo 说经济发展、日本驻越南大使 Yasuaki Tanizaki 称赞地区合作、曼谷市长 Sukhumbhand Paribatra 讨论治理交通堵塞。此前并没有报道国际论坛的经验，面对这 28 张新鲜的面孔和一堆几乎一直各说各话的"大人物"，我第一次觉得新闻是个难干的活：究竟谁才是我的采访对象？

是的，直到这时候，我才知道，自己过去八个月在《曼谷邮报》到底是过了怎样的日子。每次采访或者出差前几乎不跟编辑沟通证明的不是我的能力，而是无知——虽然还谈不上傲慢。

只要采访好一个人，就很好了

后来的情形可想而知。日立的公关给我安排了诸多专访机会。除了那些学生代表，我见到了曼谷市长、越南副首相。可前者让我觉得自己愚蠢：一名为泰国报纸工作的记者跑到越南来采访曼谷市长该是个什么情形？后者则让我愤怒：如果要谈摆脱中国的影响，你们准备拿这酒店里的旗袍和满大街随处可见的越南文字怎么办？

人还在河内，心已微凉。我知道，回到曼谷以后，我交不出一篇像样的稿件。如果说半年前的果岛之行尚且是公关安排不当，这一次河内的采访则是真正将我打回"伪记者"的原型。

整整四天的河内之行，我都在忏悔中度过。

周姐看了我的文章，又听我说了在河内的经历后，只是淡淡笑笑：汤，其实你只要把你的采访对象缩减为一个，这篇文章就很好了。做特稿，深度比广度重要。

回到国内以后，转做财经记者，我常有机会参加各类论坛，见到各种各样的人。我知道财经报道需要多方佐证，可是每当看到被一群记者簇拥的采访对象，周姐的那句话仍然会在耳边响起：汤，你只要采访好一个人，就很好了。

包子小姐与鸟人先生

妞妞驾到

来泰国第八个月，正是中国的农历新年。有本地朋友的陪伴，一个人在泰国过年并没有想象中艰难。可是我仍然在大年三十夜里软弱地哭泣。

人呀，一辈子难习惯孤单。

妞妞来泰国时，新年刚过。我的心仍然沉醉在孤独里，将醒未醒。

妞妞对这一切并不知情。她只是来休个年假。所以，当她穿着T恤热裤，一身白里透红的肤色照得热带机场里人人侧目时，实在不是她的错。

皮普哥在妞妞来之前便已经离开《曼谷邮报》。本不指望他还能来关照。可是，也许是我低估了他的绅士风度，也许是无意中提及的"美女"一词引起了他一些兴趣——反正，不管怎样，他答应来看看。

我对车没有任何概念，所以至今不知皮普哥那辆长得相当彪悍的车到底姓甚名谁。只是觉得它坦克般的身形与高大的皮普哥也算相得益彰。皮普哥一向独来独往。偶尔我会坐他的车回家，但是我就算在车里也看不到自己的模样，所以，当那晚"坦克"里突然冒出个黑头发的娇小身形时，我着实吓了一跳。

她是皮普哥的女友，高姐（P'Gao）。

与皮普哥、高姐、踏哥在清迈府旅行
左二踏哥，左四高姐，左五皮普哥

　　肤色雪白，简单的 T 恤短裤仍然衬得身形曼妙。鹅蛋脸上是一张樱桃小嘴，黑色的大眼睛未语先笑。

　　几乎每天都要被皮普哥换着理由夸一遍的人真的出现在眼前，我却忘了跟那个高大的人抬杠：这样的可人儿，的确值得一夸再夸。

　　妞妞是个好脾气的姑娘。看似一身名牌，其实对吃喝完全不讲究；我在泰国已经半年多，也早已经被剥夺了讲究的权利，所以这顿晚餐完全是皮普哥做主。不过，看得出来，有了高姐，皮普哥就没了主意。所以，我们一行四人，再带上皮普哥的朋友，踏哥（P'Ta），第一站就是去吃高姐推荐的泰国街边摊。

　　那是一个中国城里的小街摊。桌椅摆在街角，主人家从巷子深处给我们端来一碗碗类似馄饨的东西，汤水上还有一个正在留着蛋黄汁液的鸡蛋。来泰国这么久，没有吃过这样的黄色馄饨；妞妞跟着我混，从下飞机到现在也没好好吃上一顿。于是两人都不推辞，开始大快朵颐。身为华裔的踏哥估计是没见过贪吃贪得如此直白的人，眼里一半笑意，一半研究，几乎是看着我们从头到尾吃完。

我是习惯了吃饭有人看着。妞妞则是饿狠了，不然不会对如此热烈的目光视而不见。

填饱了五脏庙，高姐说要带我们去逛夜市。皮普哥几乎立马点头。

怎能想象得到，在办公室几乎说一不二的人，也有如此柔情的一面？

一切只是因为有对的人。

夜市："包子妞妞"和"鸟人"皮普哥

说是夜市，其实更像个跳蚤市场。几百米的空地上一排排的小贩和小吃摊。在这热带的夜里，蚊子和高温都没能阻挡人们的热情。我跟妞妞在拥挤的人群里不断地互相提醒，才能不至于走丢。

没多久，口袋里半毛钱（泰铢）都没有的妞妞站在一个饮料摊边上不肯走。我只得顺着她的目光看去——原来是用土黄色瓦罐装的本地饮料。妞妞贪吃我是知道的。不过这一次这个饮料罐子也太特殊了，怎么看怎么像我们中国早市上卖的劣质"花盆"！

妞妞一脸的渴望，我只得掏钱。摊主一副见怪不怪的样子，用"花盆"装了一罐绿色的"颜料"递给妞妞；再回头看我，一副"你不试试"的样子。我只得微笑着道谢。妞妞则抱着她的"花盆"神气活现转身就走。

一路上，"花盆"俨然成了她的最爱。饮料喝完了，还把它抱在怀里不肯放手。甚至在试戴那顶米白色、带有秀气花结的帽子时，也不肯放下。皮普哥和高姐早已经不见踪影，踏哥却还一直跟着妞妞，脸上的笑意遮都遮不住。

没逛多久，头上戴着大白帽子，怀里抱着个"花盆"的妞妞走进了夜市的甜品店。妞妞本来就白，灯下细看更显得圆润。皮普哥是见惯了如我这般瘦骨嶙峋的中国女人，猛然见到一个如妞妞一般脸型正常的女人非常不适应——他说妞妞长得像个"包子"。身为"江南名记"的妞妞自然不甘示弱,立刻封他为"鸟人"。皮普哥转头问我:"啥叫鸟人?"本人一本正经,告诉他"鸟人"就是"bird people"。皮普哥闻言,立马对妞妞投去佩服的眼神:"我的确常常飞来飞去出差。可是你怎么知道的?"

两个中国女人笑得花枝乱颤。从此,妞妞成了"Ms. 包子",皮普哥则升级为"鸟人"。

我的孤独终于放心离我而去。

喝完甜品,大家商量着妞妞这几天怎么玩。我们定好了大皇宫、动物园和华欣岛这几个目标。皮普哥和高姐都要上班,只有踏哥闲人一个,被我请来陪伴妞妞,顺便给两个"路痴"指路——当然,他很快就会知道,给妞妞"指路"其实意味着摄影师、导游、保镖、跑腿、小工等诸多角色。

馄饨没有喂饱整天都没有吃饭的妞妞。皮普哥送我们回家以后,两个女人就着7-11的零食,泡上豆浆,配上妞妞带来的泡椒凤爪,再度"开工"。自从

与高姐、阿达姐海岛过年时留影

上次肠胃炎之后，果哥、阿达姐一直对我严格监控，不许吃辣。不过妞妞都成包子了，还大吃特吃，我不吃，岂不是暴殄天物？

好理由。此后几乎每天晚上两个人手抓凤爪，吃得地动山摇，直到凤爪被瓜分完毕。

大皇宫："女同"出世

前一晚再三叮嘱踏哥千万不要太勤快，因为他遇到的两个女人都非常懒。不过他显然是不准备听我话的。事实上，第二天我还在睡梦中就接到了他的电话：汤，我到你楼下了哦。

明明外面已经亮得发白，我却犹如接到午夜凶铃。赶紧爬起来，洗脸刷牙，把自己和"狗窝"收拾整齐。可是，任我怎样弄出动静，包子同学不过是翻了身，换个姿势继续睡。跟她说，踏哥来了。她眼睛都不睁：来了就来了嘛。

可怜踏哥从早上七点一直等到十一点，几乎把我楼下所有可以看的东西都看了十七八遍，连垃圾桶估计都没放过。两个女人才终于出了门。

第一站，大皇宫。我自觉买了三张票，可惜有人不领情：我是泰国人耶，你干吗给我买票。

得，脑子被驴踢了。忘了泰国人逛公共寺庙是不收钱的——咱们中国人啥时候能在自己的国土上有这待遇？祖国大地貌似除了呼吸以外，都是要收钱的。

大皇宫是很典型的泰国皇家建筑。黄墙绿瓦，塔高入云，气派非凡。见多了中国庙里灰色的肃穆，乍一看如此美丽的"大皇宫"，妞妞觉得十分新奇。这儿蹦蹦，那儿摸摸，喜欢得不行。只是，这热带的太阳不是闹着玩的。我已经是半个主人了，仍然晒得发晕，干脆找了个凉快地方坐着，看妞妞大太阳底下跑来跑去看风景，顺便让踏哥拍照。她长发妩媚，白衣娇俏。当踏哥眼里的光渐渐变得比白色的日光更灼热时，我一点都不意外。

所谓皇宫，其实已经是一家寺庙。妞妞和我都信佛，逢庙必拜。偏偏大皇

曼谷"大皇宫"外宫殿

宫里面有无数的佛像。于是我们便磕了无数个头，才算把各路佛祖一一拜过。

走出了大皇宫的大门，我给踏哥买了冷饮，给自己和妞妞则买了冰激凌——这是我在泰国的最爱。好不容易摆脱了人力的"严密监控"，还不吃个痛快？

吃着冰激凌，妞妞仍然没有闲着。一抬头，看见正在皇宫门前执勤的卫兵。剑眉星目，眼神深邃。配上白衣黑裤的警服和手里一杆竖得笔直的枪，站在皇宫面前美得有如中世纪的骑士。我不由得放慢了脚步：泰国帅哥耶。妞妞比我更直接，二话不说走上前去：May I take a photo with you？（我可以和你照张合影吗？）

谁告诉我她英语不行，需要全程翻译的？？？

本来只是站在一边的踏哥无比落寞地举起了照相机。

妞妞向来擅长得寸进尺。调戏完男人，就来调戏我。看我一脸鄙视地看着她，赶紧挑了一勺冰激凌，往我嘴里送。我只好照收：我可以拒绝女人，可是无法拒绝冰激凌啊。踏哥按下了快门。

还有一张，是我俩面对面站在一棵开满白色花朵的树下。我捡了一朵落花插在耳后，妞妞也插了一朵，还拿了另外一朵放在嘴边。

踏哥说，你们跟泰国真是绝配。好吧，这"女同"的名声从此再也洗不掉了。

动物园的行程是踏哥安排的。他还安排我们坐泰国特色的"嘟嘟车"，就是五轮小敞篷车。车子开动时，有一点点的微风，我们这才发现自己之前都热得快没有知觉了。

每个国家都有动物园，我知道踏哥是想让妞妞看看泰国的国宝：大象。不过，刚进动物园，他就塞给我们两个奶瓶：给小羊喂奶。刚开始没有经验，不知道要离羊圈远一点。结果两个女人很快被一群争抢要奶吃的羊围攻。我们几乎是逃跑着离开了羊圈。

之前都不知道妞妞如此热爱动物——她看到除了蟒蛇和蜥蜴以外几乎所有的动物都恨不能去摸摸抱抱。热带的动物园里植被繁茂，我只看见一片绿色中有个白衣红裙的瘦削身影不停地跑来跑去，像是一只小蝴蝶。哪里像是平常跑个步都懒得挪脚的人？看来说单身汉不懂女人简直没有天理。至少踏哥就知道动物园会让妞妞开心。只是，我们一边走一边在不知不觉中就把不会说汉语的他扔在了一边。

旅行的好处之一就是随时可能有惊喜。妞妞的惊喜是一只超大型塑料大熊猫，圆滚滚的肚皮上还有个取款机。于是我们跑去"国宝"那里取了点钱。妞妞说，这可是熊猫肚皮里"生"出来的钱哦，搞得我每次买单的时候都觉得自己在出卖国宝。动物园的一角没有动物，只有绿植，还有粉色缎带组成的大心形，于是妞妞又跑去把自己放在"心"里面；看到有个小姑娘长得漂亮，就偷偷站在人家旁边跟她"合影"。踏哥都一一为她拍了下来。

晚上踏哥安排吃饭。具体吃了什么已经不记得了，我只知道，自那以后，踏哥几乎就成了妞妞的人——他答应陪我们去华欣岛，虽然我知道他已经去过无数次了。

华欣岛

前一天晚上分手时，踏哥吸取教训，再三告诫妞妞，一定要起早赶到火车站，否则我们可能得晚上才能到那个泰国国王住的小城。我在一边听得直叹气：这个踏哥，真是太不了解妞妞了。想想她爸妈怎么会给她取名叫作"妞妞"呢？——就是个不怎么听话的小妞嘛。

果不其然。第二天早上，踏哥再次无比可怜地从八点等到十一点。我们商量好坐 11:44 的三等火车。

泰国的三等列车逢站必停，所以速度很慢，但票价也因此十分便宜。它是我最钟爱的交通工具，因为它允许沿途小贩到车厢兜售瓜果和特色小吃，有芒

坐着三等列车去旅行

果、榴梿、菠萝、小香蕉、夹心馅饼、蛋卷等等。初到泰国的人坐一趟三等列车可以把沿途正宗的特色小食吃个遍。

"想想看吧，窗外是满眼的绿色，车内是变换着花样的美食哦。"我斜睨着妞妞，估计她口水都要流出来了。

商量好了，我又很自觉地去买票。结果再次挨训：你怎么又给我买票？

得，脑子再次被驴踢了。泰国人做三等火车也是不要钱的。

上了车，妞妞坐在我对面，抱着我的iPad，眼睛却流落在窗外。踏哥在另一边的座位上坐着。这沿途上来贩卖瓜果的小食的都是些穷人。没有工作的家庭妇女，没钱交学费的大学生，无力谋生的残疾人，更多的还是些老无所依的人们。踏哥是个面冷心善的好人。他虽反对我坐几乎从不准时的"绿皮车"，但他自从上了车，就几乎一刻不停地在买东西，哪怕前一站我们刚刚买过。他也不还价。买来了，自己也不吃，直接递给妞妞。妞妞接过他手里的小食时，总是安静地放在一边，再低头说声谢谢。当看到站台边随意坐着歇息的黄袍僧侣时，她甚至连谢谢都忘了说。

她一路都在看风景，却不想踏哥眼里的风景只有她。

我看着踏哥眼里的热情逐渐变成了落寞。妞妞不抬头，他也只得把眼光投向了窗外。那正是我最想念的风景。高大的棕榈树，矗立在绿得泛光的山野田园，有一种野性的优雅。我喜欢它立身的片片安静的旷野。但倘若来了暴雨，雨中默默然挺立的棕榈树则更让我生了爱意。是的，也许是有了太多孤独的旅行，我总觉得棕榈树是明白我的。我坐在车里，它站在窗外，似乎没有交集，却又暗里时时相遇。

如踏哥所料，列车晚点了四个小时才到华欣岛。虽然一路有吃有喝，但是只能坐不能躺，我们还是累得够呛。看到那个有着黄色的、屋顶尖尖的国王候车厅的车站，才算是活了过来。踏哥找来了出租车，我们直奔酒店。

那一天正好是妞妞的生日。酒店送了一个生日蛋糕。踏哥细心地找了靠海

华欣岛火车站

　　的露天餐桌，点上了生日蜡烛。餐桌之外，一线斜斜的月亮就靠在海的另一端，星星却躲在暗夜里，偶尔出来眨个眼。在这温柔的夜色里，缠绵的海风听到了热烈的情话。我没有翻译，妞妞看了我一眼，也没有作声。

　　忧郁在一瞬间俘虏了这个深情直白的泰国男人。

　　起身的时候，我听到妞妞用英语说了句：谢谢你给我过生日。

　　踏哥仍是一脸温柔，轻轻笑了笑。

　　第二天，我起个大早，趁妞妞还在熟睡，跟着踏哥去海边转了一圈。我并不喜欢安慰人，可是也不希望他太难过。踏哥回报我的只有沉默，替我在海边拍了无数的照片。

　　妞妞出来时，穿着一身碧色的比基尼，还裹着一条同色的丝巾。她不看踏哥，下了沙滩就直接就着海水跟我打闹。海水温柔地回应着她的调皮，阳光却把她白白的皮肤晒出了红潮。她只得暂停"攻击"，抬起手来挡住阳光。我看着

日光里一张白里透红的脸蛋，再看看身边认认真真的黑脸"摄影师"，突然一横心，一鼓作气把"白里透红"泼湿了，然后转身便跑，剩下她和一张"黑脸"站在阳光和海水之间。

走远了，还是不放心，又回过头去，却看到了两个人眼里的笑意。

比丘尼是怎样炼成的

汽车在这热带马路上疾驰了两个多小时。当那栋黄色建筑终于出现在我们的视野时，我松了一口气：第一次在没有泰国向导的情况下独自走出曼谷，要是弄错了地方，可就麻烦了。

女友站在我身边，她的脸上没有表情。这一趟来，她带着心事，我带着好奇，但愿我们都能不虚此行。

世俗生活美满无暇，她却想出家

这个地方名叫颂哈玛卡修道院（Songdhammakalyani bhikkhuni Arama），是泰国第一位小乘佛教比丘尼查苏玛（Venerable Dhammananda）的母亲开创的专供女性佛教徒修行的地方。

查苏玛现年69岁，出生于佛教家庭。父亲是泰国第一位公开表态力挺小乘佛教恢复女性佛教徒族谱的公共知识分子。这使得她的母亲在1956年得以成为泰国第一位正式出家的女性，还把泰国的家变成了寺庙，虽然她皈依的是台湾的大乘佛教。查苏玛自12岁起就跟随母亲会客、背诵佛经，从此结下佛缘。但她并没有立即出家。相反，有了父母的支持，她得以成为泰国当时少数受过高等教育的女性。在本国获得了文学学士后，她前往加拿大攻读哲学硕士学位，学成后又去了印度，获得佛学博士头衔。

回到泰国后，查苏玛在曼谷托马桑大学担任宗教学教授。托马桑大学位于曼谷市中心，历史悠久，以宗教等人文学科扬名泰国，乃至东南亚。在之后的三十年里，查苏玛结婚成家，并抚育了三个儿子。出家前，她已经是三个孙子的祖母了。尽管无从查证查苏玛的丈夫姓甚名谁，但可以推测，作为妻子的查苏玛是快乐的。泰国婚姻极其自由，查苏玛又是受过高等教育的现代女性，如果婚姻不幸福，恐怕等不到受戒便已经结束了。

世俗生活看来美满无暇，查苏玛却时常表露出家的心愿。她说："我常常觉得有一天我会正式剃度。只是需要等待一个正确的时机。"她所说的"正确时机"指的是三个儿子尚且年幼，需要她的照顾，她只得把这份心愿暂时埋在心底。

"大戒""小戒"

2000年，当查苏玛最小的儿子也成年之后，已经年过五十的她开始重新选择自己的人生。她决定受戒出家。虽然母亲是大乘佛教徒，但受制于语言障碍，查苏玛首先想到的是在泰国出家。但，这并不顺利。

泰国小乘佛教传统中的女性佛教徒族谱已在几百年前失传，泰国宗教界由此奉行男尊女卑，不接受、不允许女性正式出家受戒。女性，即使是长期居住在寺庙吃斋受戒且没有还俗打算的佛教徒，也只能着代表地位低下的白色长袍。黄色僧袍专属于男性。

在这样的情况下，查苏玛只得选择另外一个小乘佛教国家——斯里兰卡，作为受戒地。按照要求，她必须先受三年"小戒"。这期间她要遵守佛教徒的清规戒律，剃发吃斋，远离尘世，但是可以后悔，返回世俗世界。三年之后，"小戒"期满仍诚心向佛，她才得以受"大戒"，烧疤留痕，自此正式成为与僧侣地位相当的比丘尼，且终身不得还俗。

"大戒"与"小戒"之说并非斯里兰卡独有。应该说，它是东南亚小乘佛教的共有特点。我的一位马来西亚比丘尼朋友也是遵循先"小戒"、后"大戒"的顺序遁入佛门的。只是她受戒的地点不在斯里兰卡，而是尼泊尔——释迦牟尼诞生地。

你玷污了泰国佛教的纯洁

查苏玛的受戒开创了泰国女性在本民族宗教受戒的先例，一度引得保守的僧侣对其极尽侮辱谩骂，说她"玷污了泰国佛教的纯洁"。然而，更多世俗的人们则惊异于她没有被逮捕。而她本人则认为这一切理所当然。

2003年，查苏玛以比丘尼身份入住其母开创的颂哈玛卡修道院。后来，作为泰国第一位受过高等教育的比丘尼，她顺理成章接替其母成为第二任院长。

在拜访查苏玛之前，我跟她有过两面之缘。第一次见面是在2011年6月的世界女性佛教徒大会上，身为大会组织者的查苏玛邀请媒体前往颂哈玛卡修道院参观。可惜我临时有出差任务，没能成行。第二次则在那之后的半年。2011年年底，查苏玛与女首相英拉等众多商界、政界和文化界女性名流一起被泰国最大杂志《Taltar》评为年度杰出女性。我去参加了她的颁奖典礼，并约定了此次拜访。

在拜访之前，我已经被告知，身为修道院院长和泰国最受尊敬的比丘尼，查苏玛却延续着做大学教授的习惯：著书立说，呼吁给予女性佛教徒平等地位。她的修道院也接受女性僧侣出家修行。此外，从1984年开始，她就陆续给37个国家的女性佛教徒写信，希望借助外部力量改善泰国女性佛教徒的处境，并最终促成世界女性佛教徒大会2011年在曼谷召开。

除了接纳正式的比丘尼，查苏玛还大胆创新，接纳世俗女性短期出家。仅仅在2009年，就有82名泰国女性参与这一项目。

在这以前，泰国多地都有接受世俗男性短期出家的公共寺庙或者私人僧院。这些公共寺庙或私人僧院一般是在每个月特定日子开放，想要体验寺庙生活的

男性必须提前报名，并缴纳几千泰铢的费用。这些人可以在寺庙住上十天，系统学习小乘佛教教义，遵从清规戒律，但是不烧疤，也不着僧袍。十天期满，必须按时还俗。

查苏玛的特立独行使得原本宽容的社会舆论再次发酵，但她不为所动。她说，她知道有人一直反对。但是"我剃度出家不为名利，只为延续小乘佛教比丘尼传统。"她还说，只有拥有完整的比丘、比丘尼、世俗男性佛教徒、世俗女性佛教徒四大谱系，泰国佛教才有未来。

"公众将最终决定这项工作的价值。"是查苏玛的名言。她的另一句名言是：如果女性不去充当改变社会的媒介，社会不会自动改变。

查苏玛多年来也的确言行如一。她本人从未犯戒，她领导下的修道院积极参与改善社区环境、接纳女性佛教徒、传播佛教文化，被赋予越来越多的正面评价。更为难能可贵的是，作为一名英文流畅的比丘尼，她的修道院成为国际友人接触泰国佛教的新平台。这使得泰国佛教界和公众对她的态度从开始的怀疑、敌视变成了支持和鼓励。

她说，她不拒绝曝光，因为这样能提高公众对于佛教的理解。但是她会一直告诫自己祛除自我意识，因为"重视自己是僧侣生活最大的障碍"。

迄今为止，泰国已经有 28 位正式受戒的比丘尼。在受戒满 12 年之后，也就是 2015 年，查苏玛将被赋予剃度他人的权利。这意味着泰国女性佛教徒将从此不必远赴海外剃度，小乘佛教女性族谱由此失而复得。

糙米饭加玉米，简单的蔬菜，颜色不太好的短香蕉

尽管之前只见过两面，但查苏玛僧袍之下的古道热肠令人难忘。来之前，我只是通过电邮告诉她，女友有心结，盼她能开解。她回了一句：没问题，你带她来。

站在修道院门口给查苏玛打电话，一位着白袍的姐妹替我们开门引路。此

时已经是正午，我们赶上了午饭时间，便直接去了食堂。查苏玛与四位比丘尼已经端坐于前。我们也找了两个座位坐下。我看到有姐妹替这五位比丘尼打好了饭菜，余下的姐妹便开始排队到几个大锅前盛饭、打菜。我们也加入了这并不太长的队伍。

糙米饭里加了玉米，简单的泰国蔬菜，配上一人一根颜色已经不太好的短香蕉，这便是这家修道院的日常伙食。女友和我打完饭菜、吃完，自觉加入食堂外面露天的洗碗队伍，站在水龙头前按照白袍姐妹的示范按照去菜、擦渍、上洗洁剂、过水、抹干五步洗完了碗。从排队打饭到洗完碗碟，自始至终，没有人说话。查苏玛则在用完餐之后不知去向。

我们正犹豫着要不要再给她打电话，那位引我们进门的姐妹走了过来，带我们绕到了食堂后面的一座黄色的庙堂。我们不明所以，推门进去，才发现里面就是查苏玛供奉的药王菩萨。看形态，长得很像中国佛教里面的如来佛，可是这尊佛像却是通体明亮的深蓝色。

我问身边的姐妹，为什么查苏玛供奉这样一尊蓝色的菩萨。姐妹说，这是查苏玛在梦境里梦到的菩萨，颜色也是她梦到的颜色。

我们拜完菩萨，姐妹带着我们来到了查苏玛的办公室。里面坐着一位年轻男人，看到我们进来，他便安静地退了出去。查苏玛走了出来，告诉我们，那是她最小的儿子，是一位艺术家。的确，我们进来的时候，他正在一张佛祖画像上忙活。

向他人表达感激，是内心在生出力量

查苏玛不懂中文，女友不会英语，我充当着二人的翻译。我把她的困境一字一句讲给坐在我们面前的查苏玛听，原本闭着眼睛、表情肃穆的查苏玛慢慢睁开了眼。听到最后，她看着跪在地上、娇弱的女友，用英文说，其实在佛祖身上也曾有类似的遭遇。然后她把这位佛祖如何受苦的故事从头到尾讲了一遍。我翻译给女友听，她当场就哭了。这是我第二次看见她为此哭泣。第一次是在

我们认识多年后北京的一个深夜,她在半睡半醒中告诉了我深藏多年的心事。

哭过之后的女友神情很安静。对于一贯娇弱的她来说,这便是坚强的前奏了。查苏玛看着她说,这个事情,到我这里,就是结束了。你从今以后不要再想起它,就当它已经沉到海底了吧。你应该有自己的新生活。

女友点了点头。我心里一块石头落了地。这一趟,没有白来。至少,女友多了一个让她安心的倾听者。我总相信,任何的苦难,如果能说出来,就总有一天会被化解。

我们随后起身告辞。查苏玛把一张药王菩萨的照片和她母亲的照片送给了我们,说让我们带回去"安枕"。她还拍拍女友的肩膀,跟我说,保持联系。这句话女友听懂了,她难得地笑了笑。那是许久不见的真心笑颜,我的心里一酸。

出门之前,女友坚持要在修道院的纪念品店里买些东西:纪念T恤,小饰品,明信片。看着她抱着一堆小玩意儿,我想起了第一次见到查苏玛的世界女性佛教徒大会。当初的我也是在困顿之中撞见了朴素的善意,于是心有感怀。当时恨不能捐赠更多,后来却发现,其实得到最多的仍是自己。

向他人表达感激,其实就是内心在生出力量。

另一个世界里的人

女友离开以后,我在泰国的工作变得按部就班。很奇怪,初来乍到时,我晕车晕得厉害,却总是被派出去出差;约莫半年之后,晕车症状彻底消失,我却很少再接到出差的任务。相反,倪姐、扎姐和周姐似乎是商量好了一般,总是给我不出曼谷便能完成的工作任务,而且都是人物特稿。这些人身份各异,有将自行车环球旅行作为礼物送给初生女儿的马来西亚父亲,有为印度"不可接触"人士劳碌奔波的"新佛教运动"领袖;有来自日本的"管理教父",也有为尼泊尔清除内战遗留地雷的女性精英;有坐而论"道"的"老美"用独特的视角解读中华文化之根,也有澳大利亚的建筑学家利用自己的专长为曼谷的穷苦儿童搭建"希望之屋"。

面对这样来自不同文化的人生,我的世界里仿佛多了许多新鲜的窗户,而写作本身便是浏览这窗外无垠的景色。我没有和曼谷的同事讨论过。不过,我猜,她们之所以派我去做这些选题,也是希望,在我项目结束、离开泰国之前,为我打开更多的窗户[1]。

环球旅行,是爸爸给你的"见面礼"

杰克宏是一名来自马来西亚的自行车主义者,今年35岁,三个月前刚刚做了父亲。他想做一点特殊的事情以庆祝女儿的降临。如果可以，他希望在她真正懂得之前为她准备一场生命的课程。

在不到半年的时间里骑自行车跨越12个国家。这就是杰克送给女儿的礼物。

"我想要她知道，在这个世界上，只要你尽全力去做，就没有做不到的事情。"他说。

杰克是一名华裔。作为一名私人营养教练，他在2012年2月14日在吉隆坡开始了他总行程长达16800千米的冒险。目的地是伦敦。他计划在7月27日，

杰克在骑行途中

2012年夏季奥运会开幕当天或者之前赶到这个欧洲城市。

除了为女儿上一堂生命课程，杰克此行还有一个任务：为MAA肾脏关爱基金会募集至少56,000美元的善款。MAA肾脏关爱基金会是马来西亚的一个慈善组织，致力于为无钱治病的肾癌患者提供经济援助，以帮助他们获得透析治疗机会。

杰克此行一共拿到了七家公司的赞助。这七家公司的善款将全部属于MAA肾脏关爱基金会。

2月14日是情人节。但杰克选择这一天开始他的冒险之旅却与浪漫无关。"这只是一个巧合。"他说。然而，因为他的旅行将会为需要帮助的人们带去关爱，所以这旅行本身也被赋予了爱和美好的祝愿。

"我的目标是旅行200多个国家。不坐飞机。"他说，飞机从来不会让我靠近一个地方的细节，"它只会让你到达大城市。"这也是为什么杰克要选择自行车作为他此次旅行的工具。

"你在路上可以看见很多东西，你可以享受它们带给你的乐趣。干净的空气，木头做的房子，不受污染的乡村美景。没有酒吧，没有夜店，也没有噪音。你会到达生命的纯真本质。"

他的泰国行程便是如此。作为旅程的第二站，他花费了15天的时间去了很多即使是本地人都觉得陌生的地方。他从南部登陆，一直骑到曼谷，然后到了中央平原，最后从东北部进入老挝。在经过华欣岛后，他接受了我的专访。

"华欣岛很美，我喜欢那里的海滩。正常情况下，每经过一个海滩，我都会跳进水里去。"杰克说。游泳是他最爱的运动之一。

他为自己设定了行程，选定的12个国家是：马来西亚、泰国、老挝、中国、哈萨克斯坦、乌兹别克斯坦、俄国、乌克兰、波兰、德国和英国。为了到达乌兹别克斯坦，他将不得不穿行哈萨克斯坦两次。他原本计划穿越尼泊尔、印度和西藏，但是因为签证问题而不得不放弃。

杰克说，他很幸运，因为同样身为私人营养教练的妻子十分支持他。

"刚开始的时候，我很犹豫要不要把这个想法变成现实。妻子刚刚生完女儿，这个家庭需要我。但是她说，你去做吧。这是件好事。"他把他的妻子称为"一个特别的女人"。

但并不是所有人都很支持，他的父母的看法就很保守，他的一些朋友也不能理解他的选择。但是杰克并不在意。

"要所有人都支持是不可能的。你得自己保持平衡。"

杰克随身带着一个三星 Galaxy Note，用来拍照。他已经上传了一些照片在脸书上，未来还打算上传更多——只要沿途有 Wifi。

他说，他一路骑来，深为不同文化的独特性吸引。他还说，在泰国期间，他会尽可能留宿一家寺庙。

"僧侣们很受尊重。我很好奇，他们是如何以灵性的方式来过平常的日子。"

除了美景和文化，偶遇其他的自行车旅游一族也令他神往。

"我们会聊天，互相介绍行程。但是不会问名字。"

在所有的"同骑"中，他印象最深的是他在泰国南部洛坤省遇到的一名 76 岁的英国男人。

"当我告诉他，我要骑车经过 12 个国家时，他说那正是他 50 年前做过的事情！"

杰克说，这位英国老人让他深受鼓舞。他们一起骑行了大概 20 公里，直到这位老人想要停下来，享用一顿他最爱的早餐：几片米饼，一杯泰式茶。

跟其他的自行车骑行一族一样，杰克在旅途中保持着简单的食谱。这与他为此次骑行所做的准备形成巨大反差。

杰克没有带厨具。他的山地车上只有四个小小的黑袋子，装着他的露营装备。

"我可以吃任何东西。只要有白水，我可以自己做吃的。"

但是怎么住宿呢？

"我猜泰国和老挝边境很难有酒店。我将会露营，或者借宿农家。没问题的。"

作为一名华裔，杰克有个中国名字：宏。他承认，这个名字并非父母所取，而是来自于一名风水师。

"我不想说我相信（风水）。你得先学习，然后再说相信。"

这也构成了他的骑行哲学。

"除非我曾骑行到那儿，否则我不会说我了解一个地方。"

高僧的婚姻很美满

罗卡米彻没什么爱好。如果非要说出一个来，他说他爱好工作。

"早在皈依之前，我的梦想就是帮助尽可能多的人。"他的话直白无华。不经意的微笑，皱了脸庞。

罗卡米彻1947年出生于伦敦，1974年受西方佛教会（Western Buddhist Order）剃度为"弘法者"，罗卡米彻是他的法名，意思是"世界之友"。受他的老师，Sangharakshita（音译：香格罗吉多）——"西方佛教会之友"创办人引导，罗卡米彻在1975年前往印度弘法，自此再未离开。

"我并未料到，我到达印度时正是安姆贝卡博士（Dr Ambedkar）率领50万信徒皈依佛教的当日，而且他正是在我的第一到达地皈依的。"

安姆贝卡博士是印度"新佛教运动"的发起人。他被认为是印度人，尤其是印度穷人的精神偶像。安姆贝卡出生于1891年，属于印度教中"不可接触"（untouchable）的下层人士。在他年轻的时候，安姆贝卡饱受歧视，备受艰难。但是，受益于印度施行的英国法律，他得以接受教育，并成为首个完成学业的印度"不可接触"人士。印度独立以后，安姆贝卡成为首任律务部长。

为了帮助印度四千万被边缘化的"不可接触"人士改善生活处境，安姆贝

卡建立了佛教中新的一脉。它融合了小乘佛教和大乘佛教的教义，被称为"新佛教"。

"安姆贝卡博士为了改善穷人和遭受歧视的人的外在环境而辛勤工作。但是他深知，只是改善外部环境远远不够。"罗卡米彻说。精神的发展对于创造幸福同样重要。

在皈依后仅仅六周，安姆贝卡博士去世。他的50万信徒使得葬礼成为"国葬"。这为他的继任者——香格罗吉多和罗卡米彻，继续为"不可接触者"工作奠定了坚实的基础。在回到英国之前，香格罗吉多在印度工作了20年。之后接替他的工作的人便是罗卡米彻。

罗卡米彻在印度工作了32年。他致力于为当地人扫盲和减少种姓制度的影响，包括在贫民区设立学校、为穷人设立学习佛教教义的培训室、灾难救助和在不同种族之间构建友谊桥梁等。不管他做什么，他始终恪守安姆贝卡博士和他的老师香格罗吉多所定下的原则：为这个国家的边缘人群工作。

整日与贫困、无知、伤痛和灾难工作并没有使得罗卡米彻成为一个心如铁石的人。相反，身材高大、体重适中的他，嗓音温和，言谈乐观，颇有魅力。

"刚开始时，我们的经济来源有限，不得不在废弃的火车车厢或者未完工的警局阳台授课。"罗卡米彻轻声回忆。他仍然是微笑着的，好像在谈论愉快的往事或者是别人的经历。

罗卡米彻在印度的项目得到了 Karuna 信托和印度援助基金的帮助。这两家基金会都是他的老师香格罗吉多在伦敦成立的。在过去三十年里，它们一直都是罗卡米彻主要的捐赠者，但是印度本地的捐赠也在增加。

在最近一次在曼谷的授课中，罗卡米彻为大家讲解了安姆贝卡博士和香格罗吉多的教义。他还带领着听众以观影的形式了解印度"不可接触"人群的生活。

在他第一个纪录片里，一名六岁的小男孩被两名警察追踪了一整天，仅仅因为他在"不恰当"的时间外出。

"我们不被允许上学,只能与来自同样背景的孩子交朋友,甚至没人会跨进我们的家。"一名出生于"不可接触人群"的男孩说。

当他们长大后,将被迫从事处理死牛、死狗、死猫和其他被认为是"脏"的工作。他们无法接受教育,也不可能有体面的工作。在某些乡村道路上,他们甚至被要求脱掉拖鞋,赤脚上路。

"不可接触人群"中的女孩处境尤为糟糕。在授课现场,罗卡米彻分享了一个"不可接触"女孩的悲惨故事。她被村里的男人先奸后杀,仅仅只是因为她碰巧成为这个村里教育程度最高的女性。

虽然刚开始时帮助"不可接触人群"只是为了完成老师布置的任务,但罗卡米彻逐渐将它视为一生的使命。除了为他们提供教育机会,罗卡米彻还成立了 Jambudvipa 信托组织,以鼓励边缘人群和组织为改善自己的处境而自发行动。

"大乘佛教教义教人们为了帮助他人而自强。这正是边缘人群需要做的。"

然而,令人想象不到的是,印度不仅是罗卡米彻一生奉献的所在地,也成为永久改变他个人生活的地方。在度过了十年僧侣生活之后,罗卡米彻回归了世俗。他与一位印度佛教徒在 1984 年成婚。现在他的一双儿女已经成年。

"我很幸运,我的妻子非常支持我的工作。老实说,我只是个'兼职'丈夫和父亲。"罗卡米彻说这话时面无表情,而听起来则像是开玩笑。

即使结婚成家,罗卡米彻每年都会有一个月避世修行,选择的地点则是家人所住的村庄附近。

"我的妻子每年也会避世修行一段时间。我会如她支持我一样支持她。"罗卡米彻说完,给了听众一个大大的微笑。

目前这对夫妇正致力于在印度中部城市那格浦尔成立一个名叫 Nagarjuna 的组织,以训练那些从印度不同地方赶来的佛教徒,教他们基本的佛教教义和实践。

《曼谷邮报》文章：高僧的婚姻很美满

"我没法接触到所有潜在的佛教徒，但是希望我的学生们能做到。"

与此同时，这对夫妇还在印度的 Pune 地区发展 Jambudvipa 信托，希望以此帮助更多的人。

"我想构建印度佛教徒之间互相理解的桥梁。他们来自不同的流派，但是应该学会在一起和谐地工作和生活。"

作为"世界之友"，罗卡米彻同样致力于为印度佛教徒与世界各地的教友的友谊创造可能。"我所理解的佛教是没有地理界限的。它是世界的遗产。越多人们接触到它，就越好。"

好领导，常反省

长谷川和广今年 72 岁。从 27 岁开始，他便在东京从事商业顾问一职。在过去的 45 年里，他挽救了 2400 多家濒临破产的企业。因为在商业管理领域的卓越地位，他被日本商界誉为"高恩第二"。卡洛斯·高恩是日本商业管理教父级人物，以重建日产汽车公司闻名。

1939 年出生于日本千叶左仓市，毕业于中央大学经济系，长谷川和广曾在强生公司、HGF 北海道大型食品公司、Kellogg Japan、Bayer Japan, 等大型企业担任高管。

近年来，他陆续将自己经历的商业管理案例整理成书，迄今已经出版四册，冠名为"社长经验谈"。其中最著名的是"社长手册"。它被誉为日本商业管理经典，迄今销量已经突破 10 万册。

"有很多并无实际商业管理经验的人声称他们能够帮助公司度过困境。但实际上，经验至关重要。"他如此解释自己转投写作的初衷。

长谷川和广的每一本书都有 120 到 150 个小故事。它们都是基于他在过去 45 年里帮助过的公司案例写成，虽然他并没有提及这些公司的名字。

"每个故事都涉及一个具体的商业管理难题。商界人士可以由此了解如何解决这些问题。但最好是学着避免问题。"

长谷川和广曾经任职于由日本 NIKON 和法国 ESSILOR 合并企业 NIKON-ESSILOR。他用一年的时间使得这家全球顶级眼镜制造商扭亏为盈，从而蜚声业界。

"这家公司有三个大问题。其中两个是过时的商业模式和缺乏活力的雇员群体。这导致了第三个问题：过低利润率。"

令长谷川和广惊讶的是，作为一家产品直接面向消费者的企业，NIKON-

ESSILOR没有自己的直接销售渠道，而是依赖53家批发商。这使得企业从管理层到普通雇员都对消费者缺乏了解。在最糟糕的时候，它平均每天只有一位客户。

对症下药。长谷川和广到任后第一件事情便是开辟零售渠道，在接近消费群体的地段直接设立商铺。

"如此一来，消费者就在门口，利润也随之提升。"

雇员的消极待岗也是长谷川和广要面对的问题。但是他的着手点却是改变企业的管理理念。"我问那些高管，如果某位雇员下午三点就从公司消失或者第二天干脆不来，他们会怎么想。"

答案令人失望，但也在他的意料之中。高管们一致将员工无故早退归结为个人素质和工作态度。但长谷川和广并不同意。

"你应该问自己，我是否每天按时出现在公司？公司的工作环境是否足够友好？"长谷川和广认为员工的表现取决于管理层的理念，虽然这一观念很难被广泛接受。

他最终花费了一年将这家公司的银行债务还清并扭亏为盈。

长谷川和广将卓越管理的核心归结为领导力。他说强大的领导力意味着管理层的主张总能得到及时贯彻实施。"如此一来，当有问题出现时，也能得到及时解决。"

但是什么才是强大的领导力呢？

在他的另一本书中，长谷川和广列出了优秀公司领导层的三个特征：第一条是永不疏忽，"一直关注细节是一名成功管理者最明显的标记"；其次是能够达到所定目标或者熟知如何达到目标；"最后但同样重要的一条是，拥有实战经验。它会让你预见困境并加强防范"。

有人说，积累经验需要时间，所以年轻人不太可能成为一名优秀的管理者。但长谷川和广却微笑着摇摇头。"有三种办法可以积累经验。第一是自我积累，第二是学习你的同伴，第三则是'窃取'别人的经验，比如说读我的书。"说完最后一句，长谷川和广展颜，而听众则报以会心微笑。

长谷川和广认为经验最大的价值在于，在公司遭遇生死关头时，它能提示你选择最好的脱困良方。

也许他是对的。至少他的四本书迄今已经在日本本土卖出36万册。而它们受到认可的关键在于"管理人士总能从他的书里找到解决问题的办法"。

长谷川和广在采访和讲座中一直保持得体微笑。所以很少有人想象得到，在他东京的商业管理咨询事务所里，作为公司领导者的他其实是非常强势乃至强硬的。

"当下属犯错或者对可能出现的问题毫无概念时，你得一直提醒他们，乃至冲他们咆哮。"

他说他相信赢得员工信任的最可靠办法便是让他们"恨"你。说完这话，长谷川和广又展现了他招牌式的笑容，而他的两名随从下属则微笑颔首，表示同意。

虽然没有被正式列入优秀领导必备素质名单，但"永不放弃"是长谷川和广最常提及的词汇。"我曾经花费五年挽救一家公司，很多人都劝我放弃。但是我没有，最后我成功了。"长谷川和广的声音变得坚定。他说每家公司都会遇到困难。日本有地震和核泄漏，泰国有大水，中国有冰冻，但无论如何，度过寒冬的秘诀只有一个：永不放弃。

他也提醒所有的企业，要想在全球化时代赢得未来，必须拥抱国际商业文化。其中一条便是守时，因为"跨国企业都有很重的时间观念"。

另外一点则是，跟日本在过去三十年经历的一样，越来越多的亚洲年轻人都选择晚婚、不婚或者丁克。这要求企业认真思考如何将产品卖给越来越小的家庭单位。在日本，他还告诫企业要时刻准备着应对来自美国、中国、韩国的企业之间的竞争。虽然没有强调中国，但在他的名片上，所有的信息都有中文

翻译。

"事实上，这点对于任何国家的企业都是适用的。"

在采访结束，长谷川和广总结自己的成功经验，他说他相信"自我反省"的力量。在他的书里，他列出了一个优秀领导者每晚必做的八个自我问答：

我今天学到了什么？今天有什么新主意？工作中遇到了哪些困难？距离昨天定下的目标有多远？如果同事和领导要给我今天的工作表现打分，我能得几分？今天身体感觉怎么样？为什么今天过得开心或者不开心？如果感觉不好，为什么？

"学习过去，才能拥有未来。"这是长谷川和广的最为人熟知的名言。

地雷里开出的花朵

双娃（音译）说她清理地雷时，从不害怕。

"人们永远不会为一项正确的使命感到害怕。"她说，"虽然我们的确有三名工作人员在清理临时爆炸装置时受伤。"

双娃今年54岁，是"尼泊尔禁止地雷运动"组织的创始人和领导者。"尼泊尔禁止地雷运动"是一个旨在推动禁止使用、生产、运输和储藏地雷的尼泊尔民间组织。自从1995年创建以来，它已经帮助清理超过10000枚地雷，毁掉了52000个临时爆炸装置。这些地雷和临时性爆炸装置是尼泊尔20世纪90年代内战时留下的恶果。

因为她为这个国家的和平和安全所做出的巨大贡献，双娃与亚洲其他杰出女性社会运动领导者一起在曼谷接受了N-Peace奖章。这一奖章的名字由和平、平等、途径、社区和赋能五个英文单词的首字母组成。它是一个为尼泊尔、印度尼西亚、斯里兰卡和东帝汶四国女性分享在支持、推动和保持和平方面的经验和策略的平台，由联合国发展项目与另外一个非盈利应组织——"寻求共识"组织，在2010年设立。N-Peace奖项接受澳大利亚国际开发署的赞助。

《曼谷邮报》文章：地雷里开出的花朵

"妇女经常在构架和平和解决冲突的前线，但是她们极少受到认同。"联合国发展项目亚洲区协调员桑尼（音译）说。

"地雷在战争里作用最小，但是对平民的伤害却很大，尤其是对那些于地雷危害一无所知的人们而言。"双娃说。她回忆道，她设立"尼泊尔清除地雷运动"组织是因为她曾经在柬埔寨访问过这个国家数千名地雷受害者。

"他们提醒了我，在我的国家里，也面临着同样的问题，尤其是那些因地雷而致残的孩子们。"她说。双娃有一双儿女，随后她决定要把自己生活的重心转移到清除地雷上来。在那之前，她曾是女权主义运动者，也是一名尼泊尔首都加德满都的一名中学英语教师。

除了清除地雷，双娃也花费了大量的精力教育人们懂得地雷的危害。

"教育是重中之重。我们不想等人们受到伤害后才采取行动。"她说。

为了让尼泊尔人永久摆脱对于地雷的恐惧，她还费力撰写了一个呼吁各方禁止使用和生产地雷和临时爆炸装置的条约。

然后，要让这样一个条约在一个党派林立的国家里成为共识，谈何容易。

首先，政局不稳。从1996年到2007年，每隔6到8个月尼泊尔就会有一个新政府。这就意味着，"尼泊尔清除地雷运动"每隔半年左右就需要重新从头开始谈判。

虽然和平正在缓慢回归这个国家，但是清除地雷并非新任政府的首要考虑。双娃说，现任政府，时至今日也没有签订她的条约。

缺乏国内的财政支援，双娃的组织一直接受英国政府、欧盟委员会和联合国的资助。其中英国政府和欧盟委员会是主要的赞助者。联合国主要负责帮助训练工作人员。

"我们的清除工作是遵照国际标准执行的。"双娃说，"我们必须小心翼翼拆除地雷，以避免伤害。"

仅仅是清除地雷这一项，"尼泊尔清除地雷组织"就已经花费了800万美元。

为了镇压20世纪90年代早期反政府力量的暴力运动，时任政府设立了53个地雷区的300多个临时爆炸区。它们使得贫民频频受伤。

在经历了10年内战后，政府在2007年以允许反政府力量参与全国政权的形式结束了内乱。之后，这个国家开始为清除地雷而努力。

在清除了12000枚地雷后，政府宣布，依照国际标准，尼泊尔已经成为一个无地雷国家。但是，双娃说："那只是感觉上的'无地雷'。"仍然有无数临时爆炸装置没有被清除，这成为她的组织目前的主要任务。

另外一项任务则是，督促政府向联合国提交一份关于尼泊尔境内地雷储藏量的报告，以避免任何党派随意使用。"仅仅感觉安全是不够的。"双娃说。

与双娃一起获得奖章的是来自印度尼西亚的杜安（音译），她给了那些因为内乱而无法上学的人们以接受教育的机会；来自斯里兰卡的师锐（音译），她为妇女提供小额贷款和受教育的机会；来自东帝汶的菲墨娜（音译），她一生致力于争取妇女权利。

"以前，我们总是发现自己每前进一步，就倒退十步，"师锐在一个视频里说，"但是有了联合国的 N-Peace 奖章，事情会好很多。"

"我坚信，妇女可以成为行动者、领导者和改变者。"双娃说。

她的话并非没有根据。根据"尼泊尔清除地雷组织"提供的数据，在 1996 年，全球仍有 26000 人死伤于地雷；但是今年（2011 年），这一数字下降到了 5000。

"双娃看起来很温和，说话也很和气，跟普通女人无异。但当需要她设置议程时，她就变得不屈不挠。"联合国发展项目亚太区知识管理助理苏蓬（音译）说。

虽然 N-Peace 奖章在印度尼西亚、斯里兰卡、尼泊尔和东帝汶备受推崇，但它只是一个分享和学习的平台，没有任何物质或者经济奖励。

老美论"道"

追寻快乐是永恒的生命主题。美国学者、中国哲学专家史蒂夫说他在中国传统哲学里找到了答案：做自然之子。

"我觉得，如果人们真想读懂中国政治，了解真正的中国，就非得好好研究中国宗教不可。"

追随"道"是他对中国哲学的根本理解。"道"在中国哲学和宗教中的意思

《曼谷邮报》文章：老美论"道"

是"路途"或者宇宙的终极本质。人们可以通过培养"德"来达到"道"。

"每个人都有自己的'道'。追随它，我们便能得到快乐。"史蒂夫说。他相信，如果人们不能深入理解中国传统宗教的共有目标，就无法读懂这个全球最大的经济体之一。

"不管是道家，还是儒家，还是孟子，它们都有一个共同的目标。"他说。中国传统哲学已经绵延千年，这一目标却从未改变。那就是创造"太和"，意指让宇宙万物达到完美的和谐有序。

泰国人知道史蒂夫，多是因为他曾经发现了曼谷班昌地区的史前铜文化。

他神奇地被一棵树绊倒,发现半埋着的古代锅器在他面前闪闪发光。

那还是在1966年。自那以后,哈佛毕业生史蒂夫逐渐成为一名法律学教授、著名的《道德资本主义》(Moral Capitalism)的作者和东南亚、远东专家。最近他在曼谷为托马森大学(Thammasat University)学生做关于中国宗教的演讲。

他说,中国宗教相信,"太和"旨在让个体生命遵循"天道",从而获得安全、幸福,实现自我价值。

与泰国佛教徒笃信佛祖不同,中国人对于"上天"有着强烈、持久的信仰。他说:"他们相信跟随'天道'就是绝对的'道'。"

怎样才能认识"天道"?

"'天子'就是中介。所有的皇帝都被认为是'天子'。"

这构成了中国哲学的另一特征:哲学里包含着伦理学、宇宙学和法理学。伦理学教人做"君子"——中国意义上的"好人",宇宙学说的是"天道",而法理学则是在谈论政治。

"虽然在任何一个文化体中都很难分割这三者,但在中国哲学体系中,三者的关系尤其深厚。"

这样的信仰促成了一个正统的帝国系统的诞生。在这一系统里,皇帝被尊崇为"天子"。如果他是个恶徒,那么让他下台最好的办法就是用新的"天子"代替他。

史蒂夫对于中国的兴趣来自家庭,他的父亲在1936年前往中国求学。自那以后,整个家庭便对中国宗教和哲学着了迷。父亲在20世纪60年代成为美国驻泰国大使,史蒂夫也随之在泰国住了三年。在那期间,他对泰国文化、社会和政治有了强烈兴趣。他撰写的《泰国东北部乡村:一个非参与式的民主实体》发表在了1968年的《亚洲调查》上。

虽然泰国是一个小乘佛教国家,但史蒂夫在泰国佛教里看到了中国弥勒佛的影子。比如，泰国华裔佛教徒相信"现世佛"是可以被达到的。他也认为，泰国佛教里给信徒在一名领导者下面分等级的做法也是根源于中国。

史蒂夫认为，泰国最有权势的佛教宗派之一，the Dhammakaya（法身派），也同样含有中国元素。Dhammakaya 意指水晶球，在中国宗教里代指上天和土地。

然而，这位中国问题专家承认，他仍然对于某些中国哲学颇有怀疑。比如，代表着生命能量的"气"。它被认为在人们的健康、力量和精神上都有极大的作用。

"我并不真的相信'气'的存在，虽然的确有内部的物质是无法用现代科学来解释的。"

然而，史蒂夫仍然坚持告诉自己要"头脑开放"，尤其是当他在越南碰上了一位预言家后。

"不可思议。他居然知道我在曼谷发生的所有事情！"他说。声音因为惊异而略有提高。

然而，尽管对中国哲学兴趣浓厚，史蒂夫并没有钟爱的中国哲学家。

"我喜欢老子的深度，我也相信《道德经》。但是我不喜欢韩非子。"

《道德经》是道家经典著作。它将宇宙的起源归于"道"，认为如果政府能尽量"无为"，那么和谐社会唾手可得。韩非子是战国时期的一位哲学家，他笃信"强大皇权"即使被认为残忍，也仍然坚持严酷法令。

尽管中国传统哲学是人类历史和文化的一大瑰宝，但在讨论"回归传统"时，史蒂夫十分小心。

"我并不喜欢中国宗教里的皇权系统。它所谓的只有天子方知天意、有道，简直是胡说八道。"

中国正在崛起。但除了讨论中国文化和宗教，史蒂夫现在的职位是 Caux Round Table，一个国际 NGO 的全球高管。这一组织致力于推动全球商业人士为推进全球经济和社会发展做出贡献。

为你造一座房

史蒂文说，他最初的梦想是做电影设计，但现在他是一位著名的建筑学家。

"我的职业是从项目建筑师开始的。此后从未离开过（这一行业）。"史蒂文有着温和的嗓音。

人们很容易把这样的职业轨迹归结为"意外"，但这位英国建筑师有自己的解释："人们的职业发展并不总是遵循计划，它融合了过往经年中你所有的学习。这种融合永无止境。"

史蒂文本人的"融合"开始于1984年的伦敦艺术学院。他在那里学习了设计、艺术和戏剧，梦想着毕业之后做电影设计师。然而，他的职业生涯之始却是在理查德·罗杰斯事务所做建筑项目设计。理查德·罗杰斯事务所位于英国，以现代主义和实用主义设计而闻名。

"我参与设计新加坡克拉克码头。这一经历让我倍受鼓舞，决心一辈子做建筑师。"史蒂文说。克拉克码头位于新加坡河规划区。说来惭愧，我曾游览克拉克，当时只为河岸边精致工整的商业区域所折服，却并未想起自己曾经采访过它的设计师。

史蒂文说，设计卡拉克之所以在他的职业生涯中举足轻重是因为，他看到了自己参与创造的成果为人们所乐用。

"对于任何大厦或者建筑而言，人的感受是最重要的。"史蒂文说。就像人们进入一家医院，如果它既不温暖也不宜人，那就医的经历将会更加痛苦，甚至恐怖。

为了追寻自己的理想，史蒂文与世界各地的开发商合作，参与设计规模宏大的商业建筑，包括北京的来福士广场、吉隆坡升喜廊购物广场和上海国际邮轮码头。1990年，史蒂文加入了威廉·奥索普的工作室。作为一名项目建筑

师，他为后来赢得大奖的马赛 du Département des Bouches-du-Rhône 酒店做设计。1994 年，他被奥索普提拔为项目主管；2000 年，他成为合伙人。

2008 年，他参与成立英国斯邦建筑事务所，并且帮助它成长为一家在建筑、城市设计、景观建筑和室内设计极负盛名的国际化建筑设计公司。现在，史蒂文在斯邦领导着含八十多名员工的五个工作室。

虽然大项目帮助他赢得了名与利，但史蒂文说他和他的团队也会为小的、私人建筑做设计，他说后者同样重要。最近他就在曼谷为泰国 TMB 赞助的一个名为"Fai-Fah"的儿童项目做设计。

"为社区做设计很有意义。因为我们全程参与，而不仅仅是做设计。"

Fai-Fah 是一个青少年学习中心，为贫困家庭的孩子提供免费的烹饪、绘画、歌唱、舞蹈和其他课程。曼谷现在有两家 Fai-Fah 中心，一家位于 Pradiphat 路，由萤声国际的奔驰奈设计事务所设计；另外一所即为斯邦设计，位于曼谷 Pracha Uthit 路。

史蒂文设计的这所 Pracha Uthit 中心由两家小店改建而来。一共五层楼，包含起居室、艺术工作室、图书室、舞蹈室和多功能屋顶工作室。

"我们已经有太多为大学生或者学龄前儿童准备的项目了。但为青少年准备的学习中心则很少。"TMB 银行公司事务执行副总裁 Paradai Theerathada 在 Fai-Fah 落成典礼上说。这一学习中心可同时容纳 110 名青少年，周边社区一共有 460 名孩子。

为了教育这些孩子们远离赌博、毒品和酒精，TMB 出资修建了这一学习中心，还请雇员为学习中心充当志愿者。

"我们得让人们有机会给予。那是一家公司实现社会责任的真正方式。"Paradai 说。曼谷的社会工作者也会参与做志愿教师，使得这一学习中心不仅能让孩子们度过课余时光，而且还能为他们将来的教育和职业做准备。

TMB 职员还被鼓励为学习中心的图书馆捐赠图书。事实上，它里面的 2000

册图书中，只有 10% 是购买而来，其余都是来自捐赠。史蒂文自己也捐赠了十余本建筑方面的书籍。

为了保证孩子们喜欢这个学习中心，愿意待在这儿学习，史蒂文还主持了两个研究会，邀请孩子们参与设计学习中心。

"知道孩子们想要一个什么样的房子非常重要。因为这将成为他们学校之外的第二个家。"

一名男孩建议在房子外面放置旋转的、由柱子支撑的盒子。因为每个盒子的不同面都有不同的设计图案，盒子们旋转起来的时候便会呈现出不同的图案。另外一个男孩希望房子里各个不同功能的区域由梯子连接。一名小女孩则希望房子被刷成明黄色。当房子最终完工时，孩子们惊喜地发现，自己的梦想都成真了。

"我们只是希望确保这所房子成为孩子们的家。"史蒂文说。

但是他并非止于此。所有的五层楼都被位于中间的楼梯连接起来，楼梯被刷成了黄色，但是每一层却有不同的颜色主题。厕所和服务站被置于主楼之外一个名叫"工具间"的独立建筑。它建在后院，弯曲着形成了陶艺室位于屋顶的储存间。

"每个人每天都要用厕所。为什么不给它一点特别的设计？"史蒂文说着，脸上绽放出大大的笑容。

一名十七岁的女孩为这样的建筑所打动。她说，她长大以后也要当一名建筑师。这样的梦想更令史蒂文看到了自己设计的价值。

"英拉"谈恋爱

杰克·尼汉姆在十年前就已出版第一本犯罪小说——《大芒果》，销量达到了十万册。之后他又创作了一系列颇受欢迎的国际反洗钱小说。现在，这位年逾六十的美国作家又找到了新的创作题材：神秘莫测的泰国政坛。

曼谷的美国作家

男女主角分别是泰国流亡总理和现任总理，分别影射他信和英拉。但不同于现实生活中两人的亲兄妹关系，在杰克的小说里，这两位总理会变成一对冤家——流亡总理希望借助自己军队英雄的声望推翻现任总理。

开头似乎有些引人入胜。还有一位处境颇有些尴尬的美国警察——流亡总理希望他帮助自己东山再起，可这位师奶级帅哥偏偏跟现任总理有过一段秘密情史，而且两人至今还无法忘怀！于是故事便在这现实与想象的模棱两可之间开始了。杰克会提醒人们不要把小说当成现实，但是他似乎并不介意人们把现实当成小说。正如他自己所说：现实中的泰国政治比他的想象还要复杂有趣呢！

杰克出生于美国，曾在美国某国际律师事务所任职。这大概解释了他为什么喜欢写作犯罪小说。其时他的主要工作职责便是处理环太平洋地区的法律事务。在过去二十五年里，他和妻子一直居住在香港、新加坡和曼谷。在数十年的工作生活经历后，他爱上了亚太地区的文化人情，并将之设为了他所有小说的场景地。除了担任法律顾问，他还曾为美国有线电视做过电影制片人。

杰克在去年开了一个名为"亚洲来函"的博客，向读者介绍出现在他的小说里的真实人物、场景和文化。配上他自己亲手拍摄的图片，这个每周发文一次的博客使得部分读者将他的小说当成了旅游手册。的确，在长路漫漫中，一本引人入胜的犯罪小说确实比任何"旅客之友"都来得实用有趣。

问：在你最新的小说《麻烦的世界》里，你把流亡泰国总理他信和他的妹妹、现任总理英拉都小说化了。为什么要选择这一题材？

答：这我还真不知道。你知道泰国政治一向比较有意思。全世界的人都想知道得更多，但没人做得到！所以我想如果把它写成小说应该会很不错。

男主人公杰克也是我前两部小说的主角。他在香港讨生活，需要一份工作。老将军吉特给他提供了一份工作：当他的私人律师。吉特住在迪拜，是泰国流亡总理和军队英雄，他正在寻求机会卷土重来。但问题是泰国已经有一位新总理了：是个漂亮女人，杰克众多前女友之一。所以他就这样给夹在了两个朋友之间。

蛮有意思？这就是我最初的灵感来源。

问：在你的博客中，你将上一部小说《大使夫人》定义为新加坡导游，那你是否介意读者将你的最新小说定义为泰国导游，或者泰国政治简介吗？

答：我不那么认为。我是个作家，我不教书，只是娱乐而已，虽然很多人会把所有书籍都当成教科书。

的确，我的小说里很多场景都是真实的。比如说书里提到的新加坡的街道和曼谷的公寓都分别是我经常造访和目前居住的地方。香港的部分也有很多都是真实的。但是那并不意味着这个故事本身是真实

的。

我在两年前开始写作这本小说。那时候知道我的小说里面有一位女总理的人们都说我疯了。他们说，女总理？杰克，你别逗了。泰国怎么可能会有一位女总理？那是从来没有过也永远不会有的！但现在英拉的确是当选了。

所以之后人们又问我：杰克，你怎么知道泰国会有首任女总理？但是我真的不知道。我并没有预测什么，不过就是编了个故事而已！

另外一点，故事里的流亡总理是军队领袖。但现实却恰恰相反。

问：谷歌和一些亚洲媒体都称你为"本地作家"，你怎么看？

答：这真有些奇怪。在两个儿子上学之前，我的确曾经在亚洲生活了很长时间。在那之前，我和妻子一直都在旅行，没什么定下来的概念。我们都希望能多旅行。但是有了孩子就不一样了。我们选择定居曼谷，同时每年在美国住上几个月。

但是美国飞往曼谷的航班得24小时，太累人了。以前我常常这么干。但是年纪大了就受不了了。所以现在我每年在美国住10个月，在曼谷待2个月。我的妻子娘家在曼谷，所以她待在亚洲的时间比我长。

问：你通常怎么样写作？

答：一般我都是在书房里电脑前写作。以前还经常一边写，一边翻翻字典。但是现在谷歌一下就搞定了。无论是检查拼写还是校对词用法，单击一下就可解决问题。大家都这么干，对吧？但是我还是会把小说打印出来。有时候分章节打印，有时候打印成稿。我得知道文字打印出来后是个什么效果。电脑上阅读速度会很快，但是没什么深刻印象。但打印出来就不同了。你能看见文字密集的程度。如果太密的话，你得调整间距或者整个格式。就像孩子们堆积木，得把所有的积木都拆了，你才能知道每一块积木原来是什么样。想要搭建一个漂亮的建筑，首要一步便是看你的小说是不是经得起字斟句酌。

我通常会花费半年时间创作一部小说，另外半年一边跟出版商沟通一边修改。但是不知道为什么这本《麻烦的世界》却花费了一年的时间写作和一年的时间修改。

问："亚洲来函"是不是你跟读者交流的主要媒介？

答：我跟世界各地的读者都有频繁的交流。一个音乐家演奏音乐可不会期望毫无反馈。这也是我开设"亚洲来函"的初衷。

但是在最开始的时候，我的确没想那么多，不过就是想保持跟读者的联系而已。但是随着读者人数滚雪球般增长，我逐渐感觉到对读者有所回馈是我的责任。而当我真的这么去做的时候，我很为自己认识了那么多好人感到高兴。他们也许只是在网上跟我打个招呼，也许会给我的书做出非常好的评价。比如说曾有读者给我留言说：你的书把我带到了一片未知的领地。到那的感觉可真不错！这个评价让我很开心。有时候我会发现他们中的有些人写得比我还要好！

我很高兴我们有网络。我不需要出版公司或者发行公司作为与读者交流的中介。我知道有些作家会遇到一些向他谋求好处的读者。但是我从来没遇到过这样的读者。我的读者都是些很好的人。在这点上，我真的很幸运。

问：你通常怎样阅读？

答：对于历史、文档之类的非小说作品，我会阅读纸质书稿。它们都是基于事实的，所以最好能严肃一点对待它们。但是小说的话，

电子书就可以了。有时候只是扫一眼就够了，谁耐烦看第二眼呢。通常情况下我一周读三本书，但是也要看情况。

问：你怎样看香港这座城市？

答：香港是个不错的地方，我在那里待了很长时间。如果有人说它是个文化沙漠，缺乏真正的文化艺术，我也同意。但是它更像是个东西方、新老文化的快速交汇地。所有的东西都能以一种不可想象的快速度交汇融合。非常酷。

顺便说一句，澳门也不错，虽然可能没有香港那么酷。

问：作为一个有电影制作经历的作家，你怎样看待书籍和电影的不同？

答：书籍是可以双向交流的。读一本书意味着你将会跟作者相处上几个小时，甚至几天。你会思考、分析甚至重新创造。同一本书给每个人带来的体验都会有轻微的不同。小说会告诉你，你不是孤身一人。其他人也会看到同样的风景，有同样的感受。

电影则不同。你坐下来，闭上嘴然后看电影。你得接受所有涌向你的信息。这是个消极的过程，你没有多少发言权。

问：现在电子书和免费阅读到处都是，作为一名作家，生存是不是更艰难了？

答：我觉得一直都难，只是难的方面不同。只有极少数的作家可以过上轻松的生活。

出版商在过去是个很排他的行业。对于一名作家来说，看到一本糟糕的书被卖了上百万册，仅仅因为它的作者能够接触到一个大出版商，真是世界上最让人伤心的事情。但是现在有了网络，任何人都无须支付保证金就成为出版人。网络把所有的中介都剔除了。这对于作家来说意味深重。你得考虑你的作品，不管是小说，还是报纸杂志，会被怎样消费。现在是读者说了算，而以前则是出版商决定了你的书能不能上架。

但是不仅仅是挑战。有出版商印刷出书当然很好，但是能在亚马逊买到电子书也不错。这对于一个拥有全球读者的作家来说尤其是个好消息。

问：你目前在阅读什么书？下一步准备写点什么？

答：我正在读四本书：《蓝夜》（Blue Nights，Goan Didion 著），《秋的眼泪》（The Tears of Autumn，Charles Maccarry 著），《门》（The Gate，Francois Bizot 著）和《传说》（Legends，Robert Littell 著）。

我正在考虑写杰克系列的续集。但是也有可能会写更多新加坡警察（《大使夫人》的男主角）的故事。还没有最终决定。

我与"间谍"

"头疼"汤、"勤劳"汤、"很吵"的汤

那天,临近中午,我照例拿上包包,跑上八楼,在人力办公室门口大喊一声"Lunch time!"(午餐时间!)。习惯了这一阵势,高姐仍然被唬得吓了一跳。抬起头的时候,眼镜都掉了下来。她埋怨地看了我一眼,嘴里喊着:来啦,来

它真的不咬人

啦！皮普哥则一边收拾东西，一边摇头嘀咕："哎，headache, headache（头疼）。"

是的，headache。它是我在曼谷的小名——之一。

去泰国之前，我在国内一直没有小名。但是在《曼谷邮报》，除了headache，工作指导墨姐称我为"勤劳汤"或者"小劳工"，人力的彭差以先生说我是"Noisy Tang"（很吵的汤），不明真相的外人则说我是"人力小甜心"（little sweetheart of HR）。

皮普哥是我见到的第一个《曼谷邮报》的人。果哥一直跟我说，皮普哥自从见到我以后，人前人后都对我赞不绝口，说我英文好，工作能力强，跟所有人都处得来。但我所观察到的情形完全相反。皮普哥常说我在他们办公室闹得不像话，害他们一天到晚不得安宁，简直吵死人。当然，做人力的都是人精，

周末与人力资源部同事去旅行

皮普哥更是个中极品——他从不当面嫌弃我，以至于一向反应迟钝的我很长时间后才读懂他心里的抱怨。

诸位还记得我刚到《曼谷邮报》不久，与人力"老大"彭差以先生在楼道里那段不明所以的对话吧。当时他说：汤，邮报总编辑帕坦阿鹏先生说你的文章写得很好。它们真的是你写的吗？

皮普哥跟我说，他并不明白他的老板到底在说些什么。但是很快，直脾气的他经不住我的软磨硬泡，"不小心"说漏了嘴：汤，像你这样成天不是吃，就是睡，再不然就是shopping（购物），怎么可能会写出好文章？

不久之后，彭差以先生本人也不再含蓄：汤，除了吃饭睡觉买东西，你还能干点别的吗？

或者，在我去他的办公室请安的时候，口出揶揄：汤，不用来提醒我你来了，老远我就听到了！

我有那么吵人吗？

人力跟间谍只有一步之遥

于是我开始学着夹着尾巴做人，可是装淑女真的不是我的长项。不到半天，蹭到阿达姐那儿：阿达姐，周三市场开了，咱们去看看衣服？

阿达姐翻白眼。我转身去找旁边的阿农姐：阿农姐，楼下的咖啡店有你爱喝的卡布奇诺哦！

阿农姐不接招：汤，你这么好，去帮我买一杯吧。

再不然就是找高姐：高姐，我们这周末出去玩，好不好呀？

高姐笑得慈祥：你问问阿达姐有空不。她去我就去。

女人这边算是全军覆没。满不在乎嘻嘻一笑，蹭到皮普哥办公室：皮普哥，你这么大的办公室，不介意我睡个午觉吧？

No way（没门）。

"三姐妹"：阿达姐、高姐和我

冷冰冰的语气吓不倒我：不想让我在这睡午觉，那我跟你汇报下近期工作总可以吧？

皮普哥对着电脑埋头打字，不理我。我自顾自坐下，开始跟他叽里呱啦。从公寓里的植物被晒死了一直讲到出差去看大象，结果淋了一身雨，再讲到我腿上的伤疤好难看、采访的帅哥比他帅。从始至终，皮普哥头也不抬。

我以为他啥也没听进去。直到挪威 FK 项目组派来面试官，皮普哥展示出了几十页的 PPT，全是我在曼谷的"糗事"：在庙里打地铺、睡凉亭、在办公室趴着打瞌睡、在大街上啃芒果、在咖啡角弄一脸的冰激凌。

我问皮普哥：你怎么知道我这么多事？

他说：你自己告诉我的呀。

自那以后，我告诉自己不能再口无遮拦。人力跟间谍只有一步之遥。

为表示信守承诺，我跟自己商量了很久，决定暂时不去人力办公室贡献"情报"了。可是这个决心维持不了一天，皮普哥便又开始捂着耳朵抱怨：汤，你们中国女人都跟你一样烦人吗？

也不是没有和谐共处的时候。

阿达姐喜欢逛报社周边的集市。所以每当周三和周五集市开张的时候，不需要我张罗，自然有人陪我逛街买衣服；果哥一向对人很照顾，只要听说我要去给大家买水果吃，马上跑来帮我付钱（买单的男人真可爱啊！）；彭差以先生一向不苟言笑，不过我要是肯偶尔帮他泡杯咖啡，他一定笑得满脸菊花，而我也从"Noisy tang"升级为"Lovely tang"（可爱的汤）。

厚脸皮的人偶尔也会为被人嫌弃而感到困扰：好好一个女人家，谁不希望自己受人欢迎？可是怎么样才能让 Noisy Tang 升级为常规版的 Popular Tang（受欢迎的汤）呢？

唐人街：穿着阿达姐刚刚为我挑选的旗袍

我很苦恼。

不能让妖孽看扁了！

来泰国不久，就赶上了雨季。不同于往年十月雨季结束的周期，这一次直到 11 月，每天仍有倾盆大雨从头顶灌下。我厌恶每晚淌着没过小腿的深水回家，没有想过这场暴雨其实也并非全无好处。

报社允许家在灾区的员工回家照顾老小，所以编辑部的人越来越少，但人力资源部回应我中午"喊饭"的人却越来越多。高姐说，人人屏气凝神的时候，只有汤仍然生龙活虎。听到她来喊饭，才觉得这一天又能安然度过。

我很想告诉她，其实真实情况完全相反：只有看到他们，我才会忘了自己每天夜里抱着一床被子听着暴雨敲窗的恐惧。

那时候奶奶过世已经两个月。我对家的思念如同每夜如期而至的暴雨一般势不可挡。可是我没有想过要离开：奶奶已经走了，而这里的亲人却还实实在在的在我身边。我不能在这样的时候谈离别。所以，当《经济观察报》社的领导来信安排我回国时，我曾经犹豫。

"当洪水真的来临时，每个人都会自顾不暇。你会是我们的累赘。"皮普哥的脸上是黝黑的严峻。想想自己这半年来天天来"喊饭"的确够烦人，就不要再给人家添麻烦了。

用了半天收拾行李。收到国内邮件的当天，我便回到了北京。回老家祭拜祖母，与亲人再次团聚。再回泰国时，已经是洪水退去的十一月底。

看得出来，皮普哥对我的回归翘首以待。他在邮件里说，汤，你答应过我，每个月要发至少三篇文章，这个月你还什么都没写呢！

好像还真是。被人这么催稿，自己也归心似箭：虽为女子，也要言而有信。不能让皮普哥这种妖孽看扁了！

于是，回到《曼谷邮报》便不管选题多么稀奇古怪，都一概接了下来。最

大水期间回国与 FK 同学聚餐

惨的时候早上、中午、晚上各一个采访，第二天还有一篇稿子要交。勤奋工作的结果是：来曼谷的第七个月，我在邮报上一口气发了八篇稿子。

汤，现在整个办公楼的人都知道我们人力中午几点开饭了！

常常出差便不能每天去人力"报到"。但是，很奇怪，平常难得聚齐的"饭局"突然开始每次爆满。我不懂，洪水已经退去，为啥大家还天天跟我混？

阿达姐说，汤，你不在的日子，大家都很想念你。

真的假的？

皮普哥的说法似乎靠谱一点：汤，最近我们的办公室太安静了。没有你成天大呼小叫，大家都有点不太适应呀！

哦，原来是习惯每晚听楼上的人扔鞋子，人家不扔了反倒是睡不着了。这群人，也有今天！

于是，在接下来的四个月时间里，我每天"喊饭"的声音更加洪亮。彭差

培训期间参观《曼谷邮报》

与《曼谷邮报》人力资源部人力主席彭差以先生合影

以先生的抱怨也随之升级：汤，现在整个办公楼的人都知道我们人力中午几点开饭了。

现在的我，在他面前早已经不再紧张。嘻嘻一笑：彭差以先生，难道他们之前都不知道吗？

回国避水之前，我曾经接受 FK 挪威的面试。我回曼谷之后，果哥特意把面试成果——FK 挪威网站刊登的对我的专访打印了出来给我看。我看到那篇文章的原文里写着：显然，汤在《曼谷邮报》很受人欢迎，而且颇受尊重。

看着这篇文章，心里明显发虚。转身去问接待面试官的皮普哥，谁告诉他我在这里很受欢迎的？不是天天有人嫌弃我太吵吗？

皮普哥笑得虚伪：嫌弃你？谁敢呀。难道不怕你制造更多噪音，扰得我们无处藏身吗？

汤要离开

汤，不要说"走"的事

从 2011 年 4 月到达曼谷，转眼已近一年。距离项目结束还有三个星期，阿达姐和果哥就开始张罗着送我的聚餐。我总是笑话他们："这么早就忙着准备聚餐，是不是着急让我走？"阿达姐快乐地大笑起来，仿佛离别不在眼前；果哥却是哑着嗓子艰难开口：汤，不要说"走"的话。我只好收了笑容，默默点头。

可是，就算不说，又怎能真的不走？项目结束的日子越来越近，我在报社餐厅也有了越来越多的免费咖啡和甜点。回到公寓，整理行李时，一事一物皆有记忆。

行李箱旁边的一摞布袋是每次出差时主办方送给我的。它们大多是黄色或者白色。黄色自然是佛陀的颜色，白色布袋上却是佛陀的画像。泰国人口中九成以上信佛。无论是在曼谷城，还是海岛上，甚至深山里，每到一处必是佛像矗立，拜者云集。坐在靠窗的列车上旅行，不时可见身着黄袍的僧侣在站台边打坐修行；去寺庙住上几日，自有人料理起居，从来无须排队和"走关系"。佛的存在，与其说是宗教信仰，不如说是这个国家的整体气质。一个有着虔诚信仰的国家的国民必是长怀善心、宽和待人的，虽然这并不意味着泰国的佛教没

告别旅行之一
左起：阿达姐、阿侬姐、我、高姐、孟加拉同学 Emy

有问题，它的国民没有烦恼。

弹吉他的女孩

在过去的一年里，我跑遍了泰国二分之一的省份。令我感怀至深的是无论是在大城市喧嚣的闹市，还是海岛上安静的角落，处处都不难寻见简单的快乐和从容的笑容。在北部山区的夜市里，一个不过 15 岁的泰国女孩抱着吉他从容演唱，身着校服的同伴坐在下首默默配合。他们前面是一张纸牌，写明为学校的孤儿募捐。孩子们眼神明亮，表情安静，像是沉浸在音乐的世界里，忘掉了这世上的一切。行人和游客也都习以为常。有的驻足片刻，安静听听，微笑离开；有的席地而坐，面带笑容，默默欣赏；有的拉上同伴，凝神细听，陶醉其中。夜市灯光或明或暗，就着静静的月色，照在歌者和听者脸上都如梦幻般美好。

类似的场景几乎在我每一次出差或者旅行途中都会不期而遇。泰国朋友们每到一处必是慷慨解囊。我没有问他们是否担心上当受骗,这个问题在优美的吉他声里显得那么多余。

除了佛与善,泰国人逛公共寺庙免费、火车三等硬座免费、骂政府免责、购买进口商品很多都免税。再加上佛陀的影响和慈善的盛行,这大概解释了为什么在泰国贫困未必伴随着悲哀,苦难未必一定有眼泪。

除了泰式按摩,还有"泰式"民主

民主的作用同样功不可没,虽然它并不完美。在泰国,政府公职人员既不讨人喜欢也无高收入,收入高的泰国人多是服务于外企或者上市公司。所以在清迈府出差时,我们一行人与市长不期而遇,市长站立一旁而我们端坐如常时,我已经见怪不怪了。

我相信,为这个国家所吸引的绝不是只有我一个人。在曼谷、清迈和清莱,我常常被地铁里、街道上乃至陋巷里络绎不绝的"老外"所蒙骗,恍惚觉得碰见他们的频率似乎比遇见泰国本地人还要高。至于东部和南部的海岛上,外国人的数量就更多了。即使是在位于中部深山老林的大象养殖园和峡谷深处里,我都会时不时遇见泰语流利、形色从容的外籍人士。他们中的很大一部分不是来旅游,而是长期居住于此。我在泰国采访过大概三十名老外,其中多数在泰国工作生活了十年乃至二十年以上。能讲一口流利泰语、与泰国人结婚生子、打算养老于此的大有人在。这些人除了有自己的本职工作以外,通常都会参与到当地的慈善事业中。我曾专访扶轮社曼谷南部分社的主席马克先生。他告诉我,在他的社团109名成员中包含了20个不同的国籍。他本人是英国公民,1990年来泰国后,就再也没有离开过。另外一位美国作家则干脆在曼谷购买公寓,将这里当成了小说的场景地。正如他们自己所说,吸引他们除了一年四季的明媚阳光和随处可见的热带风情之外,便是这个国家里人们常开不败的灿烂笑容。

然而，再怎样喜欢，终究要离开。泰国不太懂得中国人常说的"缘分"。对于交朋友，他们很有一套天然的"过滤"系统。喜欢的人，自然是嬉笑打闹、肆意开怀；不喜欢或者不熟悉的也会颔首微笑，从不失礼。只是短短一年，我便发现自己关于笑容的记忆已经根深蒂固。马路上偶遇陌生人时会心一笑；餐桌边语言不通时的歉然微笑；每天中午和一群泰国同事聚餐时的温馨调笑；海岛上旅行时被调皮的朋友用海水洗了个透的开怀大笑。再多的语言无从道尽。

"人生是一面镜子，对着它泯然微笑，它也会冲你开怀一笑"。这是泰国人教育女儿常用的一句话。它其实适用于每一个人。

心存善念，常有笑容，此生怕是不能与这微笑之国隔离了。

告别旅行之二
左起：我、阿侬姐、阿达姐、果哥、高姐、Emy

"给天上的你"之二：我已归来，你却离开

2012年3月12日，距离我的交换项目结束还有三天。那天，我照例去邮报编辑部写稿，刚刚坐定，接到的国内电话只有一句话：爷爷去世了。此时，距离奶奶离开，尚不足半年。

最后一次跟你通话，你问我什么时候回国。
我说三月十五。
你又问我，回国以后会不会回家看你。
我很疑惑，我这不是去年十一月才回去看你的么？
所以我说，不一定。我要上班呢。
你没有作声了。只是略微失望地叹气。甚至对我邀请你病愈后去北京玩都没有兴致了。而这以前北京是你最大的梦想。
彼时为泰国朋友深情厚谊感动、沉浸在离愁别绪里不能自拔的我没有感知到你的无奈。
我只是疑惑：从来与你无甚交流，为什么离开泰国前频频梦见你，还有家乡早春的轻盈鸟鸣？
家人来电说你已经离开时，我是第一次在泰国办公室失了神，那样悲痛哭

号，实在不像平常冷静安宁的我。所以一屋子泰国同事被我吓得慌了神。

我没有办法告诉你：我也被自己吓得慌了神：什么时候你变得如此重要？

你在的时候，个性倔强的我是你眼里最不受重视和欢迎的孙辈，只因为我是女儿身。这样的隔阂根深蒂固，乃至在泰国当你在电话里第一次叮嘱我要好好干时，我依旧察觉不出你的心意变化。

你的追悼会上，在我发言之后，有家族里的长辈踟躇走向我，说你走前常去跟他聊天到半夜，说我讲出了你的心里话，说你在天上会很欣慰。

我依旧无语：你从来没跟我说过你有过这样一位知己。

直到你的表兄，从省城赶来参加你的葬礼，我不认识他，他却一眼看到我，只说了一句：你爷爷生前很喜欢你。

你喜欢我？

这话听起来真稀奇。在这个庞大的家族里，咱俩不是一直都是势不两立么？你不是一直宠溺你唯一的男孙，而时时不忘贬损你唯一的孙女么？

什么时候你转了性子却不让我知道？

我多希望你一直都是那个倔强着、骄傲着四处说我不够乖巧的你！这样至少我不用愧疚、不用感怀、不用在你离开之后一字一句去琢磨你走时到底有多清醒？

族里的长辈说你年后就已经感知大限将至，那么你的确是跟家里长辈交代了你的后事？一向注重名声的你，也的确跟那位爷爷说了你希冀的身后评价？而我，这个迟迟归来的孙女，也的确无意中圆了你的心愿？

真是这样，爷爷，为什么你告诉所有人你要走了，却唯独不通知我？你是不希望我为你中断项目提前回国，还是你知道我肯定能回来送你最后一程？

我不明白，去年十一月离开，你拉着我问我：如果爷爷死了，你会不会回来？

这到底是玩笑还是你真的预知了一切？

如果你未卜先知，那你有没有看见我的泪水，听见我的哭声？

你还在练书法吗？爷爷，我现在写得最好还是你教的"龙飞凤舞"。

你在天上，是不是还跟从前一样强势，强势到最后我无法读懂你？

我在抗拒你的过程中长大，却不知不觉变成了另外一个你：你曾经的偏见，在我成年之后，千百倍地还给了你！你只是重男轻女，我却直到你离开后许久才明白，自己错过了一个多么好的导师：你的书法、风水、诗词，在你身前无人继承；在你走后，我带着兴趣回来问你，你却躺在那里，再也不言不语！

我已归来，你却离开。我们一辈子的隔阂，我将用余生的思念偿还。

愿你在天上一切安好。

你不孝的孙女

附一：泰国印象之水上市场

水上市场（floating market）是泰国的特色市场。顾名思义，它的特色在于依水道而建，在水上进行交易。

我们去的这家水上市场名叫大马森水上市场（Damncen Sadvak floating market）。它位于曼谷城西北方向80公里处，距离曼谷市中心一个半小时的车程。它建于1866年，是泰王Mongkvt（现任泰国国王的曾祖父）在位期间修建的。

大马森水上市场是远近闻名的水上市场，主要为外国游客提供服务。

水上市场一般都是早市，五点就开始营业，十二点收市。一般情况下，这些市场都是一周营业七天。

开放卖场

我们七点半乘坐大巴车从市中心出发，到达目的地时已经是九点。沿途的曼谷多是蓝天白云下绿树婆娑，水波粼粼，偶有低矮的泰式建筑三三两两散落在道路沿线。

市场的入口处是一个开放的卖场，分为食品区、日用品和服装区。一个个小店排列得整整齐齐。尽管并无墙体隔开彼此，却是秩序井然。店主们多是年轻的泰国妇女，有着清淡的妆容，会说几句简单的英文。如果说水上市场是整个市场的主角的话,那么不妨把这里当成大购物之前的"热身"场所。事实上,的确有很多游客在进入水道之前就已经被这开放卖场所吸引了。

穿过入口卖场,便是一条环形水道。水质并不算好,漂浮的垃圾随处可见,但是并无异味。水道对面便是成排依水搭建的商铺。顾客从入口处乘坐船只开始他们的购物观光之旅。

大马森市场提供两种类型的船只供顾客选择。一种带有马达,速度较快;另外一种则不带马达。但是,两种船只都是统一的木质光漆。每条船提供五排座位,中间三排可坐两人,前后两排各一人,理论上讲一共可以坐八人。但是,为了安全起见,每条船只允许坐六名顾客。我们一行人三十人不到,分坐五条船。

如果租乘整条船,马达船每条收费600泰铢,普通船则只要一半价钱。单个游人的话,每人需要100泰铢。

浏览完整个水上市场大概需要45分钟。但是,鉴于水道只有两米余宽,在购物高峰期很容易发生交通堵塞,所以有时会需要一个小时甚至更长。

船来船往

水上市场

　　来这里购物的多是外国游客。有的是旅行社组织,分批坐船进入市场水道;有的是三三两两的自由客,上了船便开始拍照、购物,间或有夹杂着英文、简单泰文和各种手势的讨价还价。市场的"卖家"主要有两种。一种是沿着水道并排而立的商铺,多为出售当地服装、工艺品和日用品;另外一种则是驾着船在水上做生意,多是兜售当地特色饮料、小吃和新鲜瓜果。顾客有的来自泰国周边国家,多是组团而来;有的是西方的背包客,或独自观光,或与家人结伴出游;也有的是泰国本地顾客。这一群人中,给我印象最深的是一名大概十五六岁的少年:整张脸都是厚厚的、白色的妆,与脖子和耳后的小麦肤色形成了鲜明对比。他安静地跟在家人后面,淡漠看着市场熙熙攘攘的场景,似乎整个世界都与己无关。这是我第一次见到泰国朋友口中的"ladyboy"(女性化的泰国少年)。这似乎可以当作泰国"人妖"文化盛行的另一种解说。

　　店主则是形形色色。有熟练老道的女摊主,带着或浓或淡的妆容热情招呼顾客。她们出售的多是能吸引女性顾客的本地特色首饰、化妆品和服装衣帽;有打赤膊的大叔,闷声不响地整理摊位上的木质手工艺品,身上的纹身清晰可见;也有麻利热情的农家大婶,驾着小船,满载着一盆盆洗好切好的瓜果或是现场调制的本地小吃和饮料,随水而流。在形形色色的商品中,最让人觉得新奇是木制弹弓。在中国,那可是十几年前小孩子的玩具呀!

　　有的摊主是本地居民,摊位后面便是他们的居所,上层居住,下层充作仓库,都是木制的低层泰式房屋;有的摊主是赶早来到集市,出售自家种的瓜果或者制作的小工艺品。同伴出于好奇,买了一盘切好的菠萝,重量不及半斤,要价 40 泰铢,比曼谷城里大街上兜售的水果还贵。还有同伴想买墨镜,精明的摊主一看是"老外",狮子大开口,要价 560 泰铢。几番讨价还价,最终以 100

泰铢成交。想着曼谷城区超市里动辄几百泰铢的太阳镜，这水上市场是否划算看来也是因人而异。

插　曲

　　时间已经将近十一点，阳光渐渐灼热，游人和摊主都逐渐散去，市场慢慢变得安静。正当我们准备乘坐大巴返回酒店时，意想不到的插曲发生了：一男一女两名泰国人突然冲到我们面前，扔给我们一堆相框，水上市场的背景中心赫然印着每个人的相片。三十人的队伍里，几乎所有人都找到了自己的相框，有的还不止一张，全是我们在市场参观的场景。平心而论，这两人的抓拍技术确实不赖，不幸被偷拍的人们大多老老实实按要求花了100泰铢把自己的照片买回去。整个交易过程中那两名泰国人不争不吵，安安静静一手交钱一手交照片，明显经验十足，倒也不招人反感。但是，唯一让人纠结的是：不准还价！

　　哎，大老远跑一趟，没别的中意的商品，把"自己"买回去就当是个安慰吧！

附二：泰国印象之国王的烦恼

2011年12月5日是泰王普密蓬84岁寿辰。尽管刚刚遭遇了五十年一遇的洪灾，泰国全国上下仍然沉浸在庆祝国王生日的热烈氛围中。各种各样的庆典比肩而至，街道旁，大厦里，公司门口到处都摆放着国王的画像。曼谷大皇宫外的大草坪和露天剧场还连续三晚免费为国民提供歌舞表演，以表达对于老国王的敬意和祝愿。

但热闹属于泰国国民，却并不属于这一切喧嚣的中心人物：泰王普密蓬。

到2011年，普密蓬国王担任泰国国王已经六十五年，是世界上在位最长的国王。他出生于美国，在瑞士洛桑大学完成学业后，因其兄拉玛八世遇刺身亡，当时年仅十九岁的普密蓬回到泰国，继承王位，称为拉玛九世。

普密蓬国王在西方生活多年，观念开放，勤政爱民，在泰国极受爱戴。在位六十余年，他的足迹遍布泰国各地。尤其是泰国北部各省，到处都是他用王室基金扶持的渔业、农业和林业项目，惠及数十万人。我曾在六月前往泰国北部清迈府报道一个五色番茄的有机农业项目。这一项目便是普密蓬国王从国外引进用以替代当地毒品种植业的。

普密蓬国王一生遵从君主立宪制原则，绝少干涉政治。但这并不代表他在政治上不发挥作用。事实上，在过去六十多年里，泰国经历了19次政变，49个政党加上军方的力量，使得泰国各方势力很难调和。而普密蓬国王则是唯一能平衡各方力量的中心人物。即使是极受泰国下层人士推崇，执政根基深厚的流亡前总理他信，在国内面对黄衫军和军方的反对时，也会说：没人能让我下台。但只要国王一句话，我就马上辞职。

可以说，在泰国这样一个政党更替频繁、政变频发的国家里，普密蓬国王的存在保证了国家的稳定。此外，普密蓬国王还是一位颇有先见之明的智者型领导人。泰国大水之后，在脸书上流传最广的帖子除了他呼吁把保卫他的政府力量转去守护灾民外，便是他二十年前发表的谴责过度城市化，呼吁保留必要排水设施的讲话。可惜的是，国王这番英明的见解没能得到及时重视，酿成了大水一入曼谷便再难排除的状况。

但是，国王也有自己的烦恼。

首先是他的身体状况已经不容乐观。尽管他的子民都在默默祈祷国王健康长寿，但是罹患帕金森症、抑郁症、慢性腰病和肠道疾病的国王近年来已经很少公开露面或者发表演讲。就连答谢国民的生日祝福，也由王储玛哈·哇集拉隆功代劳。

然而，正是这位现年五十九岁的王储构成了普密蓬国王最大的烦恼。

玛哈·哇集拉隆功王储生于1952年，是泰国皇家空军上校和皇家禁卫军第一师禁卫团团长。他的青年时期基本都在澳大利亚和英国的学校里度过。1972年，作为国王与诗丽吉王后四个孩子中唯一的男性，他被立为王储。

回到泰国后，按照泰国王室安排，他与表妹吉地耶功成婚，婚后育有一女。然而，这段婚姻在20世纪80年代便宣告结束。离婚后的前王储妃生活窘迫。今年早些时候泰国电视台还播出年近六十的她身患重病却无钱医治的新闻。然而，这样的惨境并未赢得她的前夫，玛哈·哇集拉隆功王储的同情。

泰国民众私下里常议论王储的冷漠，但他的态度其实并不难理解。与前妻感情破裂固然是真，但更关键的是，早在前段婚姻存续期间，王储便与一位名

叫坡拉色斯的女子同居，而且先后生下了四子一女。或许是迫于公众道德压力，也或许是两人感情转淡，在王储结束前次婚姻后，这名女子并未嫁入王室，而是与王储分手，带着四个儿子远赴英国定居。这使得泰国王室陷入了缺乏合法男性继承人的窘境。

在这样的情况下，泰国修改了王位继承法，赋予公主继承皇位的权利。泰王普密蓬长女乌文公主就曾被封为女王储。但是当她在八十年代决定下嫁美国丈夫时，便被剥夺了公主和王储称号。虽然其后婚姻不顺的她离婚后带着子女回到了泰国，被父母恢复了公主头衔，但王储一位却再不可能了。另外一位获封王储的公主便是大名鼎鼎的诗琳通公主殿下。这位多才多艺，爱民如子，对中国人民极其友好的公主在1977年获得女王储封号。

但获得封号并不代表继承王位。尽管诗琳通公主与其父王一样备受爱戴，她继位的可能性却并不大。这并非因为国王不愿意。事实上，在早些年的演讲中，普密蓬国王曾不止一次在公众场合表达对于诗琳通公主的疼爱。他说：我有四个孩子，但是只有她会与民众坐在地上。她从未结婚，却有百万子民。

这两句话中，第一句代表了国王的真实心意。事实上，这也是泰国公众乃至政府共有的心愿。第二句话则是现实的困难：诗琳通公主虽然贤能，但没有结婚就没有子嗣。她百年之后，王位岂不是要空悬？除了没有子嗣这一原因，诗琳通公主本人也并不愿意为了皇位与亲兄弟同室操戈。这使得泰国政府和民众都有些无可奈何。

但是，关于公主继位的讨论在泰国却并未因此停止。其中原因除了王储德行不足以服众外，他与他信为首的红衫派的关系也令普密蓬国王深感忧虑。众所周知，普密蓬国王不喜欢他信，不赞成他借提供国民福利的名义收买人心，但王储却跟他信私交甚笃。他信还曾把从电信业赚到的钱转到王储名下的基金会。

政治倾向的背离再加上王储喜怒无常的个性都使得普密蓬老国王忧心忡忡。

与国王相知相伴六十年的诗丽吉王后也不满意儿子。这位一直热心慈善，致力于改善底层民众境况的王后也深受国民爱戴，她也希望同样热心慈善的诗琳通公主继位。但事实上，这种愿望的前景却越来越渺茫。因为，在与前妻离婚二十年、与情妇分手十年后，玛哈·哇集拉隆功王储有了新女友。或许应该说，素有花花公子名号的王储身边的女人从未少过。但这一回他是动了真格。在2002年，王储公开承认，他与当时年仅三十岁，却与他相恋十年的平民女子蒙西拉米早在一年前便已低调成婚。2005年，新王妃产下一子。与其情妇所生四子皆被剥夺王子头衔的待遇不同，这个年仅六岁的小男孩已经被视为继其父之后泰国王位第二继承人。

至此，王位继承次序似乎已经尘埃落定。但质疑和讨论却仍在继续。应该说，这些质疑和讨论正是倍受尊敬的普密蓬国王最大的烦恼。

附三：泰国印象之餐厅小工出家记

六月初的一天，《曼谷邮报》人力资源部转给我一封粉红色的泰文请柬，告诉我这是那位邮报餐厅里的小工给我的，说是小工要出家，邀请我参加他的受戒仪式。

"哦。可是，那个小伙很帅呀！这么出家会不会有点可惜？"接过请柬，我口无遮拦地问了一句。

站在一边的人力老总皱了皱眉。不过还是耐心跟我解释，泰国人笃信佛教，认为出家修行是一件很光荣、有福气的事情。在泰国，年轻男人在结婚前短期出家——一般是三个月，是一种传统，可以为父母亲人带来福气，整个社区都要为之庆祝的。当然，也有人出家是为了表达对去世亲人的哀思。

这位餐厅小工就是因为快要结婚了，才决定出家三个月为父母祈福。

听了人力的解释，我才想起，除了这位餐厅小工，我认识的几乎所有泰国男性都有出家经历。有人从十岁开始连续做了十三年和尚，连学位都是在寺庙里面拿的；也有人在美留学期间母亲去世，他暂时中断学业，回泰国做了三个月和尚；还有十岁的小男孩出家七天，悼念去世的祖父，等等。

仪式举办当天是周六，从早上七点持续到九点。地点便是这位同事出家的寺庙，位于曼谷近郊。

为了不迟到，我六点便出了门。赶到寺庙大门时，发现那位同事已经被家人亲友包围。透过人群的缝隙，我看到他已经落了发，一身宽松白色长袍，胸前挂满了黄色的花朵，笑盈盈地被人围着，接受大家的祝福。

前来恭贺的除了《曼谷邮报》的同事，还有这位"准和尚"的亲朋好友。大家人手一个黄色的透明礼品袋，里面装着牙刷、牙膏、毛巾、香皂，还有一卷手纸。每个礼品袋都用同色丝带包扎好，托在手里好似一朵黄色的礼花。这些礼品都是村民和同事家人送给寺庙的礼物。

亲友邻居捧着礼物

看到这些精美的礼物，我很懊恼没有提前问清楚礼品事宜。不过好在大家都沉浸在这美好的信仰里，没人介意我的失礼。

同事的父母也被围在人群当中，脸上都洋溢着笑容。同事的母亲，一位大约五十多岁的泰国妇女，穿着一件玫红的大衣，还化了妆、涂了鲜艳的口红，温柔地站在儿子身边，一脸的骄傲。

七点半，正式仪式就要开始了。人们自动站成了一个长长的队伍，最前面是乐队，然后是同事的父母。当音乐响起的时候，这只长队便开始一边绕着寺庙大殿外围行进，一边随着音乐节拍跳舞。黄色的礼品袋被当成了临时的舞蹈道具，时而被捧到胸前，时而被举过头顶。热烈的音乐，欢乐的舞蹈映衬着人们的笑容，让我这个外人都不由动容。

绕过三圈以后，人群陆续进入寺庙。礼品袋由早已经等候在大殿里的和尚接过，整整齐齐摆放在墙边上。

然后人们走出大殿，站在台阶下等候。

没几分钟，"准和尚"一脸笑意出现在大殿门口，旁边站着一位手托金色金属盆的男士。盆里都是彩色塑料包装纸做成的精美礼花。然后同事开始从里往外掏塑料礼花，一次次扔向人群。

台阶下的人们显然已经迫不及待。有的弯腰抢拾礼花，有人在半空中拦截，还有人跑到"准和尚"跟前先抢为快。大家笑着、闹着、互相推挤着也相互扶持着，所有人都沉浸在信仰的快乐之中。这种由衷的快乐让我瞬间明白了为什么在泰国僧侣的地位那么高：因为，佛教是这个国家里最高的信仰。

等到盆子空了，我才有时间拆开这包装精美的礼花。原来是两枚泰国硬币。

"准和尚"向人群撒裹着泰铢的"花"

同事告诉我,这代表着出家以后,钱财便是身外之物了。真难为泰国人想出如此可爱的方式表达这一神圣的宗教信仰。

人群又陆续进入大殿。在大殿门口依次坐好,他们面前是一个高于地面一尺的平台,上面铺着红色的地毯,再往前便是威严的佛像。佛像下面坐着两排僧侣。资历越深,坐的位置越靠前。坐在佛像脚边的便是这寺庙的住持和尚。

我的同事坐在第一排,旁边是他的父母。大家一起等待着正式的剃度仪式。在这期间,另外一名"准和尚"也完成了他的撒花仪式,与他的家人一起进入到寺庙大殿,等待与我的同事一起正式受戒。

我猜这位后来进入大殿的泰国男子应该也是结婚前出家。因为他的父母俱在,大家脸上的表情也很欢喜,不像是家有丧事。

八点十分,剃度仪式开始。僧侣们开始集体诵经,台下的人们则双手合十,静心聆听。长长的经文结束后,两位"准和尚"转身面向父母跪下,接受父母准备的袈裟。但是此时,袈裟还只能斜披在肩上。

向寺庙进献礼物

接着，他们将家人准备的、送给寺庙的三个包装精美的礼包正式奉给寺庙。再然后分别走到一位资深僧侣——应该是他俩的修行师傅面前，聆听后者的教诲。

这一程序完毕后，便有师兄引导"准和尚"步入大殿后方。在几位师兄帮助下，他们换下白袍，穿上袈裟。此时，除了脸上羞涩的表情，他们看上去已经与其他僧侣没有区别了。

穿上袈裟的两人回到寺庙住持和师傅面前聆听训诫。当他们转身面向人群的时候，肩膀上多了一样东西：一个用绳子拴着的竹篓，里面装着一个大碗——这便是他们在未来三个月化缘的工具了。

预备托钵乞食

我想，此时我的泰国同事应该算是正式"步入空门"。

但是，仪式还没有完。

在人们的注视中，他们走到大殿门边，一位资深僧侣先是向我的同事、然后是向那位同时出家的泰国男子发问。后者则低头一一虔诚作答。背后的僧侣们以诵经作为他们彼此问答的背景。

大约十余分钟后，问答完毕，这一颇具泰国佛教特色的仪式便正式结束。两位新和尚被人引进了大殿后方，加入到他们师兄当中。人群从大殿出来，步入不远处的一家餐厅：同事家人将在此设宴款待所有来宾。

入席之后，我很惊讶地发现：桌面上居然有荤菜！

这大概也是泰国佛教的特色了。

附四：泰国印象之人妖那些事儿

说起泰国总绕不过人妖。这个奇特的群体构成了泰国特色文化的一部分。

但外国人印象中的人妖与泰国真正的人妖又有很大不同，因为在泰国人眼里，人妖不仅仅特指从小服用激素导致外形女性化的"阴阳人"。

在泰国，人妖被一概称之为"ladyboy"，它既包括外国游客熟知的、激素促成的芭提雅人妖，也包括通过手术变成女人的变性人，还包括既不服用激素、也不接受手术，但是在日常生活和心理两方面都严重女性化的男人。

芭提雅人妖：昙花一现的美丽

第一类人妖最为外国游客熟悉。应该说，他们也是命运最为悲惨的人妖类型。这类人妖大都出生贫苦，选择做人妖很大程度上是为生活所逼。在人妖表演风靡的芭提雅等地，八九岁的男童只要与剧院老板签订做人妖的合同，便能领到一笔微薄的生活费。然后他们被要求按时服用变性药物和注射激素。等到十三四岁，身体已经女性化时，他们便能登台表演。

一般而言，18岁到25岁是人妖最美丽的时候，也是他们舞台上的黄金年龄。这时候的人妖，皮肤细腻，乳房高耸，蜂腰俏臀，体态迷人。加上从小开始的歌舞培训，更使得他们在舞台上格外光彩照人。

在泰国，如果有女性抱怨自己不够漂亮，同伴们都会建议她去做人妖。虽然只是一句玩笑话，但足见黄金年龄的人妖魅力之大。（当然，仅限于激素促成的人妖）

泰国每届人妖选美大赛冠军，也被称为"人妖皇后"，一般年龄都不会超过22岁，原因即在于此。

然而，这种美丽只是暂时的。从26岁开始，人妖开始老化，男性特征愈来愈明显。等到三十多岁时，大喉结、粗糙的皮肤、粗大的毛孔和体格等，配上自小养成的女性化言行气质，使得人妖比一般男人都来得丑陋。这时候的他们一般只能靠给剧院打杂或者扮丑角维持生计。等到年过四十，人妖便开始百病缠身。极少有人妖的寿命会超过五十岁。

由激素促成的人妖命运悲惨不仅体现在容貌变化上。他们的经济待遇和社会待遇也很窘迫。即使是在他们给剧团当台柱子的时候，月收入也不到一万泰

泰国人妖明星

铢，相当于两千多元人民币。但是维持人妖美貌的药物和化妆品却都价格不菲。等到他们年长色衰，收入锐减时，生活就更加窘迫。被剧团赶出来，只能靠乞讨为生的人妖也并不鲜见。

畸形婚恋 VS 危险的酒吧买醉

也许有人会说，人妖如此美丽，他们可以结婚呀！这样不就能获得经济支持了吗？理论上的确如此。但事实上，这条路，很难。

尽管泰国法律规定人妖仍然为男性，但所有人妖，包括激素促成的和通过手术变性的，都会被伴侣视作女性。这种认知给人妖带来了婚姻，也为他们的婚姻解体埋下伏笔。

由于容貌美丽，激素促成的人妖年轻时在婚姻市场上应该算很有优势。在现实中，也的确有游客为人妖美貌倾倒、为其赎身、与其恋爱乃至结婚的案例。但这样的婚姻很难维系。

首先是，这些人妖虽然是女儿貌，实质上却是男儿身。其次，虽然他们认为自己是女人，但是男性心理并未消失，只是潜伏，而婚姻是最能把人的潜伏个性暴露出来的。于是，与人妖结婚的男人原本想娶回一个美貌的女人，结果却成了"两个男人的婚姻"。

那，能否通过变性手术变成真正的女人呢？

理论上是成立的，只可惜理论永远都是灰色的。

泰国朋友告诉我，他的一个朋友娶了一位变性人。因为妻子容貌美丽，他起初十分自豪，对婚姻也很有信心。但是仅仅一年后，两人却以离婚收场。

原因并不复杂：尽管有人造女性性器官和生殖器官，人妖仍然不是真正的女人。这意味着他们无法像正常女人一样给丈夫正常的性体验，也很难怀孕生子。

我问朋友：你愿意跟人妖恋爱结婚吗？

他回答得十分坦率：对于美貌的人妖，恋爱可以，一夜情也行，但是绝不能娶回家。

　　这大概是泰国男人面对人妖的典型心态。

　　结婚不成，人妖便只能同性恋或者在人妖圈子里面找伴侣。这使得他们成为艾滋病等疾病的高危人群。

　　泰国男人深知此中危险。所以常有人开玩笑说，在泰国酒吧买醉的最糟糕结局便是：早上醒来发现自己身边躺着个人——上半身女人、下半身男人！

不能跟着陌生人上厕所！

　　尽管遭遇同样的婚恋难题，但通过手术变性而来的人妖比芭提雅的人妖仍然要幸运很多。他们一般住在曼谷、清迈等思想开放的大城市，拥有比较体面的职业，比如模特、演员、设计师、时尚杂志编辑等。泰国有一些很有名的演员都是变性人。泰国女人则乐于相信变性设计师的品位。

　　有意思的是，除了上述两类明显的人妖类型，还有一类人也被泰国人划入了人妖行列：女性倾向太严重的男人。这类人既不服用激素，也不接受手术，但是日常生活中，他们化浓妆、娘娘腔、有的还上女厕。

　　但是这类人也应当算是最幸运的人妖。他们不仅有体面的职业，而且有很好的交际圈子，一般不会被歧视。只是，他们经常会给不明泰国国情的外国人带来困惑。比如说，常有泰国人提醒外来游客：在泰国，决不能跟在陌生人屁股后面上厕所！

　　这绝不是危言耸听。在泰国，如果有女性游客跟着一位长发美女入了男厕，或者男性游客跟着西装革履的"同性"入了女厕，大概算是典型的本地笑话了。

　　为什么会有人妖？

　　这个问题答案并不复杂。

　　有一位资深媒体朋友这样跟我解释：泰国人笃信佛教，对人对事都心态平和，极其包容。如果有人不喜欢自己天生的性别，而现代科技又能帮助他们改

女性化的泰国少年

变性别，为什么不让他们重新选择呢？

还有一种说法是：泰国地处热带，阳光充足，雨量充沛，平原地广，因此物产丰饶。生来相信自己的国家为自然"佑护"的泰国人觉得天底下没什么事情是真正的烦恼。这种心态虽然随着泰国近些年的洪涝灾害和地震有所减弱，但是其随和的民族特性却是很难改掉了。

这种性格体现在性别问题上就成了典型的 easy-going（随和）。尽管在观念保守的少数民族地区和山区，人妖的生存空间有限，但是在曼谷等大城市，人妖却能生活如常。有钱人固然会选择远去韩国变性，但是本地医院也提供完整的变性手术。这使得成为人妖的门槛被大幅降低。

有意思的是，对于国外游客表现出来的对于人妖的强烈兴趣，多数泰国人并不理解。他们说：很正常呀！要是你愿意，你也可以。

再接着问：如果你的儿子要做人妖，你同意吗？

这一次回答不再那么随和了：No way!

附五：泰国印象之神秘的街头算命人

他的名字一直在变。约翰，约其或者鲍勃。他的右手有一块纹身、头上缠着穆斯林头巾。他通常出现在繁华街道，可能是在曼谷，也可能是芭提雅。但是不管是在哪里，他的开场白总是固定的格式："你真走运。知道为什么吗？"

如果你一不小心表示出对他的兴趣，他就会跟你说起一个陌生人不可能知道的关于你的信息。于是你的好奇心便真的被勾起来了，想要听到更多。

这样的街头算命人可不止一个。他们剖析你的命运，并要求得到金钱回报。但是其中有一个算命人很特殊。据接触过他的人讲，与其他算命人解答疑惑不同，他通常会聊起人们早已遗忘的人生片段，但却从不解释他是如何得知这些早已经从当事人脑海中消失的记忆。他带给人们迷惑乃至痛苦，而他却自得其乐。

多米克今年36岁，澳大利亚人。他经常造访曼谷，便有幸成为神秘街头算命人约翰的谈话对象，或者说赚钱目标。

"他在一张小纸条上写下了几行字、把纸条揉成一团，然后塞给我。他把手按到我的额头上，开始跟我讲述我的命运。"

这还只是开始。

"约翰开始快速发问，而提出的问题都令人疑惑。他不时打开或者关上他

那如同钱包一样的笔记本，给我看一张黑白照片——他说那是他和他的'导师'的合影。他还给我看他的名片——也许只是为了转移我的注意力——再然后他就自称为'圣者'了"。

"他知道我母亲的名字，跟我说明年我会离开我的女朋友并遇上真爱。前者的确如他所言，但是后者却纯属瞎扯。"多米克大笑着说。

"然后约翰叫我说出一种颜色。我脑子里想的是绿色，但是不知为什么我说的却是蓝色。他还叫我说出一种花名。我本来想的是听起来更含混的康乃馨，但我说出来的却是玫瑰。当我打开手中的纸条时，我发现上面居然写着'蓝色'和'玫瑰'！"

"然后他便要求我给一个儿童慈善组织捐款。他还给出了几个捐款数目让我选，其中最少也得两千泰铢。所以我只得给了他一百泰铢，然后就走掉了。约翰开始发怒，还跟着我走了一段，叫嚷着说我如果不给出一个合理的捐款，就会倒霉。"

"这段经历很奇怪，让我有罪恶感，也很困惑，感觉很糟糕。我相信这只是瞎扯，但是我真是迷惑极了。"

泰国有几个网上论坛讨论过约翰。上百位曾被他"谈话"的人们至今仍然迷惑。他们觉得自己被诅咒了，但是搞不清楚到底是怎么回事。不仅仅是泰国，在过去的十年里，约翰的身影还曾出现在香港、多伦多、洛杉矶、伦敦和悉尼等多个地区。也许这些网友说的并不是同一个人。但在泰国，关于"约翰"和"约翰们"的描述都大同小异：衣着体面、超短胡须、言谈怪异、右手上有一个印度教的纹身——他说那表明了他作为上帝代言人的身份；身边有时候跟着一个冷漠的少年，有时候却是个更为年长的伙伴，黑皮肤，缠着穆斯林头巾。除了外貌，约翰的开场白也很雷同：你的前额会给你带来好运，或者是我看到有鬼跟着你，你的处境很危险。

然后约翰开始接近你，告诉你，你的女朋友几年前堕过胎，而你至今仍不时有负罪感，感到遗憾；你的父亲已经病入膏肓；3月26日将会是你生命中很重要的一天；你的家庭成员的资料；你的男朋友劈腿了，而你刚刚才知道；你的职业、你妻子的名字等等。而令人惊叹的是，这所有的信息竟都确凿无疑！

在约翰强烈的攻势下，人们迷惘了。似乎有一种神秘的力量驱使着他们乖乖掏出钱包或者签下大额支票，塞到约翰手里。然后这些人继续向前走着，步履蹒跚，宛如醉汉，边走边等待着他们的思维回归正常。

而那些拒绝付款或者只肯给一点点钱的人们都回忆说自己有罪恶感，而约翰则很生气。

那么约翰到底是怎么做到这些的呢？

有人说他们曾被约翰催眠。他跟半睡半醒的人们谈话，从中抽取信息；也有人说约翰用的是毒品，把人弄得神志不清；还有人说约翰使用的是神经语言学，暗示人们招出信息或者用偷偷换手的办法，把写有信息的纸条暗中调换。

但这些解释都不足以使多米克信服。

"那张纸条从未离开过我的手，"他坚持说，"他也没有时间或者机会去给我下药或者催眠。"

但多米克自己提供的解释则更不靠谱："我本能地认为他有特异功能。但为什么他不去合法地给人算命呢？那样他能赚更多的钱。而不是像现在这样从路边客口袋里掏钱。"

为了寻找这一谜底，我们造访了曼谷一位非常有名的变性算命人塔克。她在曼谷闹市区开了一家算命店。有朋友声称她预言很准。也许她能告诉我们这到底是算命、催眠还是偷换手。

"我可没觉得这是耍把戏。"听完我们的描述，塔克很肯定地说。她解释道，那些具有超能力的人们通常都只能在限定条件下施展它。

"你们想过没有，为什么大部分预言家都很穷？"她说，"这种超能力对

自己是不起作用的。很多人在年长以后或者改变生活方式以后就失去了预言能力。"

但是为什么约翰要对那些不付钱的人凶相毕露呢？为什么那些受害者会有罪恶感和冒犯感？

"有些超能力者是好人，而有些则不是，"塔克说得很简单，"有些立志让人迷惑，而不是替人澄清。"

但是，曼谷印度裔社区的一些成员却不认为这是所谓的"超洞察力"。接受我们访问的这位叫作安妮佳，47岁，印度裔泰国人，每隔几年都会回到印度。

"那些说你长着一张'幸运脸'的人，在印度已经存在了几十年，甚至几百年。我不知道他们到底怎么办到的，但那肯定只是些耍弄人的把戏。"

附六：泰国印象之奇怪的曼谷夜店

好女孩与妓女难分伯仲，警察代替黑帮收保护费，夜店招牌叫作"饭店"。如果说曼谷夜生活是一曲传奇，那它最为奇特的风景肯定在夜店。

曼谷夜店可谓臭名远扬。人们所熟知的脱衣舞、毒品交易、妓女、洗钱、暴力犯罪等等，每天都在这里上演。尽管"声名远播"，但很少有人知道，这个刺激每个游客神经的神秘地带到底如何运作。

《曼谷邮报》最近刊登了篇长文，报道曼谷市区夜店背后的秘密。它的作者，爱德先生跟我们说起了他亲访夜店的经历。

都说夜店是泰国支柱产业之一，的确不假。据调查，曼谷全市共有上万家夜店。平均每家夜店每晚的盈利在10万泰铢以上。规模较大的日盈利则要以百万计。这些夜店靠色情表演刺激眼球、拉拢顾客，同时也是吸毒者、妓女和街头混混的天堂。

"她们（妓女）衣着打扮也许比以前好，但仍然是（妓女）。"

当然，在观念开放、崇尚自由的曼谷，越来越多"好女孩"也会出现在夜店，但这只会让夜店吸引更多的男性顾客。

由于夜店经营现金流量大，一些黑社会集团和贪官也会利用夜店洗钱。这使得夜店成了名副其实的"名利场"，三教九流，无所不包。

外国游客若是想去夜店消遣，恐怕光知道某家夜店的名称是不够的。

"的士司机通常声称他们被游客不标准的发音搞糊涂了，所以把他们带到了另外一家夜店。但实际上只是因为那家店提供更多的回扣。"

这一回扣的数目大约是每一位顾客 300 泰铢。

妓女和好女孩也会被夜店用来赚钱。除了自己的酒水免费外，她们还能从每一杯顾客为她们购买的酒品中，拿到 50 泰铢的回扣。

有夜店声称，他们也曾经想要打造不一样的"干净"娱乐场所，驱逐妓女。但是这样一来不仅把一些着装性感的好女孩彻底得罪了（因为她们会被误认为是妓女），男性顾客也大为减少。

这样费心经营的结果当然是夜店赚得盆满钵满。这使得即使是在泰国经济萧条期，其夜店规模也不见减少。但巨大的人流量和夜店嘈杂、昏暗的环境也埋下了安全隐患。2009 年，曼谷一家夜店起火，造成 60 多人死亡。

除了火灾威胁，夜店还会遭遇敲诈。当然，在别的国家，比如说日本，也会有夜店被黑帮敲诈的现象，但是在泰国，尤其是曼谷，夜店最大的"老大"却是——警察。

按照泰国法律，一般情况下，所有夜店、酒吧在凌晨两点之后都必须关门歇业。但事实上，几乎所有的夜店都是通宵作业。在辗转接触的夜店老板中，大多数都坦诚，凌晨一点之后才是他们赚钱的高峰。

那，怎么避开警察的监管？

"根本没人管。因为社区警察会按月收到夜店上缴的红包。"

红包里的钱会依照级别被分配给各个警察，包括交警、路警和税警。级别越高，分到的钱越多。如何分配则全是"大佬"说了算。得到好处的警察们自然心照不宣，暗中放行。至于这笔钱的规模，夜店老本只肯透露一点点：

"路边便衣（最底层的警察）的价钱是每月 5 千到 1 万泰铢。"他还说，如果夜店在政界有"关系"，会"打点折扣"。

但是规模较大的夜店每月需要支付 10 万泰铢。而那些专门在凌晨后营业的大型夜店则需要支付每月百万泰铢以上。而且这个价钱还会随时改变。

"每当政府换届,夜店老板就得重新打听行情;警察局长换人也会带来价钱变动。"

但是红包是暗地里交的钱。为了表示"遵纪守法",延长营业时间的夜店还要交一笔"罚金"。一般是 1 万到 10 万泰铢每月。也有的警察局按照营业面积收钱,但总体的收费标准相差无几。

如果夜店老板拒绝交钱,超时营业的夜店会被勒令立即关门,而且警察随时都会来找茬。"揪出一个未成年脱衣舞女,或者要求所有顾客接受尿检,搞得夜店没办法营业。这都不难。"一位已经洗手不干的夜店老板透露,他曾因一名 DJ 被查出没有工作许可,被罚款 6 万泰铢,夜店停业 60 天。也有人宣称曾碰到"干净"的警察,不接受夜店老板"孝敬"。但后来证明他不过是想要把一次性的"孝敬"变成每月固定征收。

夜店老板说,于他们而言,政府一直在变,唯一不变的便是每月某天按时出现收缴"红包"的跑腿便衣。

为了避免被警察敲诈,很多夜店都会选择在很僻静的角落,安静营业。也有人把夜店开在酒店的地下室或者挂名为餐厅。

"但是很少有夜店能够摆脱'监管'。"

如果警察催钱频繁,会有人抱怨他们权力过大,而监管太少。但夜店老板自有他们的逻辑:"肯定是年底了,警察急着发红利。"

除了钱权交易,很多夜店的真正老板其实就是警察局长本人,或者老板跟他有千丝万缕的关系。据内部人士透露,判断一家夜店在曼谷的后台是否过硬,只要看政府换届时它还能否照常营业即可。越是能打持久战的夜店,后台越是过硬。

这样的指控当然会被警察推翻。但是爱德先生有自己的亲身经历。

在夜店采访期间,他把装有手提、录音笔和照相机的包落在了座位上。不过几分钟后回来,包不见了。

尽管爱德先生有工作证件,尽管他据理力争要求查看夜店录像,但是得到的回答是:没有录像,再吵就叫警察。在推搡中,身材魁梧的爱德先生被擦伤了,T恤也被撕破了。警察在一个小时后姗姗来迟,但是他的态度并不比夜店老板好多少。不仅拒绝做笔录,而且威胁着要把他当成闹事者抓走。最后的结果当然是爱德先生遭受了莫名损失,而夜店和警察局却不了了之。

爱德先生的遭遇并非偶然。在他采访的夜店玩友中,就有人曾经在夜店丢了钱包,但未能得到任何警察的帮助。在警察盘查夜店时,如果顾客不小心证件齐全而且还对泰国法律略有所知,那么他很有可能会被暴打,因为他让警察们感到"丢脸"。

尽管泰国素以"微笑之国"声名远播,但夜店暴力,尤其是警察参与的暴力,却并不鲜见。不仅是顾客,妓女、吸毒者也会遭受莫名暴力。在《曼谷邮报》七月刊登的一期报道中,就有妓女组织声称,大约三分之一的成员曾有被暴力袭击的经历。施暴者不乏警察。

也许,正如那位教导爱德先生的警察所言:你要知道,你来这个地方本来就很危险。

在《曼谷邮报》星期天专刊结语里,也有这样一句话:

"在夜店横行的欢乐场,它有自己的游戏规则。"

这大概便是曼谷夜店怪象频出的原因所在。

附七：泰国印象之和尚的私生子

和尚有私生子？

听起来很连续剧。但这是真的。

不仅仅有私生子，还有和尚被控强奸、诱奸和始乱终弃。

这一泰国宗教界"地震"由来已久。较早见于报端的是在 1990 年。当时，一名泰国僧侣被控生养私生子；随后，1994 年，另一名颇受尊敬的僧侣们被控与多名女信徒和一名尼姑长期有染，那名尼姑还有两人通话录音作为证据，他同时还被控育有一名私生子；2000 年，一名曾经担任曼谷一家寺庙方丈的"高僧"被发现同时与至少两名有夫之妇保持不正当男女关系；2009 年，三名僧侣被爆出"白天在寺庙念经、晚上出入红灯区嫖妓"。

这之后直到今天，僧侣观看脱衣舞、养情人和私生子的新闻每隔一段时期便会出现在泰国媒体报道中。泰国人似乎早已习惯这样怪象频出的佛教界。他们将不守清规戒律的和尚形象地称之为"playmonk"，花花和尚。另外还有一个词专门形容人前礼佛诵经、人后私生活靡乱的僧侣："double-face"，双面僧侣。

除了性丑闻，还有越来越多的僧侣被爆其实是同性恋。

层出不穷的桃色事件使得泰国佛教界颇为尴尬。但是就已有的案例来看，这些触犯戒律的僧侣，除非同时触犯法律，否则充其量只能被谴责或者赶出

佛门。这与公众提出惩戒寺庙等宗教场所性丑闻、杜绝同性恋僧侣的要求相距甚远。

尽管泰国宗教局承认公众要求合理，但对于扭转这一现状，他们其实也无能为力。因为造成丑闻的根源无法得到遏制。这个"根源"就是泰国僧侣的无上地位。

在泰国，尽管没有任何一部法律规定佛教为国教，但是从王室到贫民，佛的影响力高于一切。就连备受泰国人尊敬的国王和王室家庭在僧侣（当然是地位很高的僧侣，一般的僧侣是见不到国王的）面前也只能坐下座。在寺庙里，国王的画像也被置于佛像的下方。所有的节日和庆典的首要步骤便是邀请僧侣诵经、祈福，同时为寺庙提供丰厚供养。

比如，在《曼谷邮报》，每年的"泼水节"，也就是泰历新年时，报社都会邀请附近寺庙的僧侣来诵经。僧侣们被安置在舒适的座椅上。但是在至少半个时辰的诵经时间里，邮报上下，从总编到普通记者，全部要跪在地上聆听。再比如，泰国人把家人，尤其是儿子，出家做和尚当成莫大的荣耀和福气。家人要为此举行正式的受戒仪式，整个社区都要为之庆祝。泰国人去世时，也要邀请僧侣诵经，同事给寺庙提供供养。

在这种氛围带动下，整个社会中心都在不知不觉中偏向了宗教界，各种社会资源也都源源不断流向了寺庙。

有人说，正是这种宗教氛围使得政党更替频繁、政变时有发生、拥有强大军方的泰国社会整体依然能保持稳定。这种说法不能说没有道理。至少我见过的泰国人大都性子温和、遇事忍让、鲜少争论。即使是不高兴英拉当选，也很少轻易表示不满。但是这种根深蒂固的宗教感情却也为少数僧侣们淫乱提供了可能。在新闻媒体曝光的僧侣情妇中，绝大部分都是虔诚的佛教徒。而她们的情夫则要么出家前就已经相识、要么便是"得道"高僧。

不可否认，近年来，随着现代文明的逐步侵入，消费主义、享乐主义和无神论开始逐渐显现，佛教教义在年轻人当中遭遇挑战。一位长期观察泰国佛教界的媒体人士说，泰国人现在也在反思怎样才能保持自己的宗教信仰。然而，尽管有此反思，泰国全民敬佛的社会主流其实并未改变，僧侣们的社会地位也依然牢固。

此外，泰国是小乘佛教国家。相对教义严明、戒律严苛的中国大乘佛教而言，它有着宽容、随性和低门槛的特点。虽然泰国男人有被要求出家的传统，但是也就是三个月而已，而非一辈子的承诺。这之后，走出佛门，喝酒吃肉，娶妻生子完全不受影响。如果有僧侣在寺庙待腻了，想还俗，那也不难。有朋友告诉我，他的朋友就曾经几次出家，每次过不了几个月又还俗。他所在的寺庙也不会为难他。在如此宽松的环境下，可以想见，对于某些泰国僧人来说，"还俗"与出家一样，都不会是什么很严肃的事情。这也是为什么，有些僧侣在被曝光养情妇后，会辩称"那是不在寺庙时发生的事情"。

应该说，正是这种颇为"人性化"的制度使得小乘佛教传统得以在泰国完整保存且流传甚广，但"出入自由"的后果便是"花花和尚"和"两面僧侣"屡禁不止。

还有一个造成泰国僧侣性丑闻无法根治的原因是，受西方思潮影响的僧侣们有了比前辈更为大胆的"性"主张。这种精神上的侵蚀再加上泰国本身就是一个对"性"非常包容的社会，僧侣们的参与世俗事物的程度又很高，这也使得他们很难摆脱性的诱惑。

但问题是，寺庙的财产源源不绝，僧侣们既不能隔绝诱惑，又没有有力的监督（这也难怪，谁敢监管连国王都要俯首而拜的僧侣呢？）因此，和尚酗酒、僧侣嫖娼甚至包情妇、养私生子也就不足为怪了。

不仅有性丑闻，近年来困扰泰国佛教界的问题还包括贪污、穷奢极欲等。其中的原因除了无人监管以外，消费主义和物质至上的影响也不可忽视。

频出的丑闻降低了人们对于僧侣和寺庙的尊敬。有观察人士早在20世纪

90年代就曾预言:"泰国人的佛教情感将从此只停留在仪式和庆典里。"这种说法今天看来并非危言耸听。今天,越来越多的泰国人开始拒绝去寺庙礼佛或者提供供养。他们或者将注意力转到慈善组织、社会团体和国际组织上,或者转而支持一直在泰国宗教界备受歧视的女性佛教徒。

曼谷"大皇宫"

附八：泰国印象之尴尬的民主

曼谷法政大学一名年仅二十岁的女学生近日因为曾在脸书上散布有辱国王的不当言论而面临最高 15 年的监禁。这引发了人们对于泰国王室特权的质疑。但更多的人则把视线投向了问题的症结所在：泰国的民主制度。

在此案发生之前，曾跟一位在泰生活多年的美国朋友聊起民主。我们都认同一党制肯定不民主，但他说其实美式的两党制也不能保证真正的民主。

我问他：那泰国呢？他们有五十个政党！

话没说完，我们都大笑起来。

这场谈话折射的是泰式民主的尴尬。政党林立的结果似乎更多体现在频繁更替的政权和人所共知的党派之争上，而非真正意义上的民选、民有、民治的政府。

一个不能忽视的原因是泰国军方力量过于强大且独立于王室、政府和所有政党。虽然有国王的威信作为震慑，但军方可以决定泰国政府的构成却是不争的事实。前总理他信遭军方驱逐，至今流亡海外；现任总理英拉执政根基日渐牢固，却始终承诺不会特赦哥哥他信，便是明证。但在军方势力之外，泰式民主还颇有些耐人寻味。避不过的话题自然是红衫派与黄衫派之争。红衫代表的是拥护他信的基层民众，包括农民、手工业者、工人和出身贫寒的大学生、部

分自由职业者等。黄衫代表的是富人阶层，主要集中在曼谷和清迈等富庶地区。国王和军方号称中立，但实质上偏向于有产阶层。

初到泰国，几乎人人都提醒我要提防街头暴乱。泰国女孩更是惊讶于我的短袖不是红色就是黄色。刚开始我也的确担心自己酷似泰国华人的长相会被人误认为黄衫派或者红衫派。可是一年的时间过去了，我从未因为身着红黄而被误认为有政治倾向，更没见过任何一场暴力行为。我想我一定是太幸运，可是当看见泰国人在大选期间的表现时，我才明白，五十个政党也不过就是玩游戏的人多了些而已。

大选期间，泰国全国放假让国民参与投票。可是我认识的十来个泰国朋友只有三个人去投了票。其中一个还因为迟到了没投成。问他们为什么不热衷投票，答案大同小异：跟我们没什么关系。英拉当总理不错，但是其他人当也 ok 呀！这大概是普通泰国人对于大选的普遍心态。

还有一位朋友坦率直言：他若投票，一定投给为泰党，因为它是 50 个政党中唯一一个明确表态永远当反对党的党派。

中产阶层的淡然使得泰式民主更多表现为两股极端势力的争斗：既得利益者和乡村无产者。这两者的处境都更受政府政策的左右。

但多党存在也不是全无好处。好处之一便是分权。泰国政府各个部门中，执政党员出任部长的一般是在三分之一。另外的部长都由得票数目较多的大政党党首担任。这似乎该是"民主"了。可是这样的民主很多时候都令人尴尬。

以曼谷交通为例，其错综复杂令人崩溃。由于分权理念盛行，曼谷的地铁、城铁、机场快轨、高速公路和普通公路分别属于三个政府机构和五家不同的公司。其中三个政府机构分别是曼谷市政府，泰国交通部和民政部。他们级别不同且服务于不同的政党。尽管曼谷人口密度不及北京，但交通拥堵程度有过之而无不及。最要命的是，它是时时都在堵着！所以跟泰国人约见面，迟到是家常便饭，而 traffic jam（交通堵塞）则是永恒的理由。

在这样的拥堵之前，改善交通网络、拓展地铁城铁覆盖面早已经是老生常谈，可是却迟迟不见动静。为什么？因为每到商讨解决方案时，各个政党和政府机构必定是长时间的口水战，之后便不了了之。

曼谷市民早已经习惯这样的小政府和低效率，但令人惊异的是政府官员对此也直言不讳。我曾有幸在越南河内专访曼谷市长。这位身材敦实、笑容憨厚的市长先生颇有些无奈地调侃：对于改善曼谷拥堵，我想我只有两件事可做。其一是向市民们保证明天一定会比今天好，其二是祈求佛祖保佑，他们相信我的话！

我想这样随和乃至随性的民主大概也是泰国政变频发、执政党更替频繁的原因所在。但民主并不代表无度的分歧，至少在普通泰国人的心里，国王具有最高的权威。泰国国王勤政爱民且博学多才，极受爱戴。但他唯一的男性继承人却因私生活不够检点而不那么受人尊敬。在贫民人数众多的泰国，王室享受的豪华宫殿、王家海滩和牧场都在引发越来越多的讨论和不满。然而，尽管部分泰国人对王室特权颇有微词，很少有人敢说一句冒犯的话，因为得罪王室是要坐牢的！本文开头所说的只是近年来每年都会发生的案例中的一例。去年11月，一名泰国男子因为发送猥亵国王的短信被判处二十年徒刑。尽管民主人士多方奔走，但法院仍然维持原判。

一位长期观察其国内人权状况的泰国资深记者跟我说："泰国的民主只是皮毛。虽然会比没有好，但是也不能期望太高。"这应该算是一句中肯的评价。

后记：再回微笑之国

你回来了？我的"头疼"又要发作了

2013 年 6 月 2 日，曼谷

熙熙攘攘的各色人流，短衫热裤与毛衣围脖交杂其间；中英泰的三文字幕仍是随处可见；肤色黝黑的当地警官哪怕是严肃的时候都面带微笑。

15 个月后再次回来，素万那普的一切都没有改变。

一路走着，拨通果哥和阿达姐的电话。还来不及自报家门，那边传来熟悉的声音：汤，欢迎回到泰国。皮普哥则一贯夸张的语气：汤，你回来了？看来我的头疼又要发作了。

一边应声说着"萨瓦迪卡"（泰语：你好），一边随着人流过了移民审查台，又来到行李提取处。这才想起，所有衣物都在随身紫色的箱子里，自己并没有行李要提取。这一次，不再为工作而来。我不过是为了看望家人。

家人，是的，在那朝夕相处的 11 个月后，这里已是我的第二故乡。

到达酒店，洗漱之后，照例把高高厚厚的枕头推到一边。就着棕色的凉席，一夜好睡。

她的长发不见了

站在邮报大门前，才想起自己的员工卡已经失效。安静地退到一边，冲着前台微笑，立刻有张黝黑友好的脸过来帮我开了门：已经离开一年多了，他还记得我吗？

跟果哥约好了 11 点到，可是还是忍不住早到了半个小时。忍着冲上八楼大喊一声"lunch time"的冲动，穿过人力办公楼的过道，去了餐厅。正在享受 brunch（早午餐）的前同事们中没有熟悉的面孔，但咖啡角的黄头发女孩却是老远就开始冲着我微笑。在这里工作的时候，每到午休时分，必到她跟前晃荡。想必她现在也不会知道，那时候的我其实只是为了搞清楚，她究竟是"她"，还是"他"？

正暗自嘲笑自己，冷不丁地看到熟悉的背影：Mrs. Usnisa。她仍是一抹行色匆匆的瘦削，肩上一只黑色的大布袋。只是那高高挽起的发髻不见了。她剪了短发。

想着待会儿要去问她，怎么舍得把那么美的头发剪掉，脚却不知不觉挪到了电梯前。我抬眼笑着，跟所有熟悉或者不熟悉的人们合掌问好：萨瓦迪卡。率先回应我的是一身熟悉的绿衣裳：行政楼的保洁阿姨。当年中秋节前夕，编辑部给了我一盒月饼。在异国他乡收到这么贵重的礼物，我高兴得不知道说什么好，抱着铁盒子二话不说冲上了八楼，见到所有人都把铁盒往人前一放，让他挑一块心仪的月饼。当时只是想着中秋是团圆的节日，希望有人跟我一起过节。没想到这位阿姨从此记住了我，每当我去八楼，必是老远一声：萨瓦迪卡。

你还跟从前一样瘦

正回忆间，八楼到了，跟阿姨招手再见，便站在了人力资源部门口。年轻

阿达姐和我

的小弟 Gong 抬头对着我笑得羞涩，眼里却是掩饰不住的惊喜。他赶紧回头看向高姐，高姐抬头大喊了一声："汤！"我便冲过去拥抱了她。旁边屋里的阿达姐已经笑出了声，阿农姐还在看电脑，猝不及防被我抱在了怀里。果哥办完手里的事，从办公室外面走进来。他一贯羞涩，可是看我伸出双臂，他也自然地张开了臂膀。

这是家人的拥抱，梦里想念了好久。

"汤，你还跟从前一样瘦。"阿达姐笑看着我。我不回答，只问她，托同事带给她的红腰带，是她极喜欢的款式，怎么不用？她开玩笑地用手指指略微胖了一些的腰身，夸张地喊了一声：No need（用不着）！

一屋子人都笑弯了腰。

果哥向来礼数周全，看我们闹得差不多了，赶紧把我揪出来，推着我去见老大：彭差以先生。

那时候，每次出现在他那间位于里间的办公室，他必然坐在靠背椅上，眯着眼冲我一笑："汤，不用来告诉我你来了。我已经听到了。"而我必然嘻嘻一笑，打声哈哈，叫声"彭差以先生"。

现在，他就在那间熟悉的办公室里。我刚到门口，他便坐了起来。我定了定神，张口叫了声：Papa（爸爸），便走上前抱住了他。有温暖的手掌轻轻抚着我的背。一个声音低低地在我耳边说，"Tang, my daughter, I miss you everyday"（汤，我的女儿，我每天都在想你）。

这样的话，出自一位满头银发的人之口。我的心开始没来由地疼痛：是从哪天起，给我的称呼变成了 my daughter（我的女儿）？是奶奶走了的时候，还是爷爷走的时候？

我把从中国带来的礼品送给他，他抚摸着红色的铁盒，问我，这里面一个一个的黄色小球是不是巧克力？

阿达姐、果哥、高姐带我游古都阿尤塔雅（Athutaya）

泪眼未干，我却又忍不住笑了起来。我可爱的泰国父亲，总有办法让我忘掉忧愁。

待我坐定，Papa 轻声告诉我，皮普哥走了之后，邮报人力资源部副主席的位子空了很久，后来才由在他隔壁办公的 P Teh，特哥接任。我明白他的意思，起身往隔壁走去。

这是我吗？

长方形的办公室，宽窄不过 8 个平米，黑色的长条办公桌，简单的书柜。这间办公室最是熟悉不过。以前常常来这里，专挑皮普哥忙的时候跟他捣乱。看他抓头骚耳，无计可施，自己便乐得跑个无影无踪。或者干脆对正凝神办公的人视而不见，趴在他对面睡到自然醒。然后抹一抹睡出印子的脸，精神抖擞地回编辑部写稿。

这样骄纵无度，是那个常常自视拘谨的我吗？

这样胡乱回忆着，特哥已经邀请我坐下。这是一张颇让人亲切的华人的脸。做事的时候盯着电脑聚精会神，看人的时候却温暖亲和，像是兄妹般自然。Papa 喜欢这样的下属。我想，果哥和阿达姐也会喜欢这位酷似皮普哥的上司。

特哥很职业。他说他听说了我在《曼谷邮报》的表现，知道我曾是这里颇受欢迎的成员，他欢迎我回来。他一直认认真真地说着。看他一本正经，我却突然起兴，没等他说完，就冲回阿达姐办公室，从包里拿出相机，塞给果哥，然后蹦到特哥面前，跟他说"借你一用"。不一会儿果哥相机里的照片便发到了微信上。我跟特哥说，你这么帅，我的好多朋友都点赞呢。他笑着摇摇头，低头做事去了。

如果我现在还是这里的特稿记者，他会不会像皮普哥一样，每天对着我喊"头疼"？

中午照例一群人浩浩荡荡去餐馆聚餐。我叫嚷着要果哥请饭，特哥却抢先买了单。

饭后大家都回了办公室。阿达姐问我，去编辑部？我点点头。

你看，我没有忘记我的汉语

仍是二楼近两百平方米的办公区域。我站在门口的楼梯边，安静地看着眼前这熟悉的一切：没有任何区分的办公区域，蓝眼金发的欧洲人面对着电脑快速敲打着键盘，黑皮肤黑眼睛的印度人正跟同事小声商量选题。人事依旧，只是我的心里眼里都没有了当初的忐忑。

正看着，不远处的办公桌后面站起一个暗红色身影，紧接着便是熟悉的热情嗓门："汤，这里，快过来！"是扎姐。她的旁边坐着的不是倪姐是谁？我快步上前，拥抱了我的前任编辑和老板。扎姐拍拍我的肩膀，用汉语问我："汤，你好吗？你看，我没有忘记我的汉语。"我冲着她竖起大拇指，她大笑了起来。

当年在办公室，我们常常在写稿间隙这样一半汉语、一半英语聊很久。许多的选题就是这样聊出来的。

倪姐一直坐在身边不说话。看我转向她，她才轻轻说了句："汤，我们都很想你。"我轻轻笑了笑，她又说："我觉得，你好像从来没有离开过。"

扎姐看我落座，就告诉我这个星期编辑部会有好几次聚会，问我哪几天有空。我赶紧说，天天有空。扎姐和倪姐都笑了——看来本人贪吃的名声已经从人力传到编辑部了。我们说好我隔天来编辑部吃饭。

杯中全是思念的味道

第二天一大早，我便去了 FK 亚洲办公室。妮萨听说我打算花费一个年假的时间在《曼谷邮报》，连连说我"疯了"。我笑着告诉她："《曼谷邮报》的人也这么说。"Sacha 临时有家事需要处理，但已经离开的 Ray 却赶了过来。席间，我们说起已经离开的人，皮普哥和托马森先生，都感叹，不过一年，大家都经历了诸多变故。举杯的时候,觉得杯中全是思念的味道。

　　Papa 在我到达曼谷的第三天请饭。我照旧跟他坐在一起,眯着眼听大家谈笑,偶有餐厅的歌手凑过来唱首歌,大家便会一起合着打拍子。Papa 仍旧嘲笑我不会唱歌,我只得讪讪地接了句:我若会唱歌,就没时间陪 Papa 了嘛。大家都笑了。

　　临走的时候,Papa 告诉我,他明年三月就退休了。倪姐也是。我不知如何回答。先是皮普哥离开,接着又没有了他和倪姐,再然后便是扎姐和高姐。我不敢想象,当自己再次回到这座城市和这栋大楼,却没有熟悉的身影时,我该是怎样的心情。

　　于是便有了这些文字。

　　献给我所有的泰国亲人。并以此告慰远在天国的爷爷奶奶。

汤向阳

2013 年 9 月 29 日